ŒUVRES
DE M. DE BALZAC.

ROMANS
ET CONTES
PHILOSOPHIQUES.

PARIS. — IMPRIMERIE DE COSSON,
Rue Saint-Germain-des-Prés, n° 9.

ROMANS

ET CONTES

PHILOSOPHIQUES,

PAR M. DE BALZAC.

Seconde Édition.

TOME PREMIER.

LA PEAU DE CHAGRIN.

(STERNE, *Tristram Shandy*, chap. CCCXXII.)

PARIS,

CHARLES GOSSELIN, LIBRAIRE,

RUE SAINT GERMAIN-DES-PRÈS, N° 9.

M DCCC XXXI.

INTRODUCTION

AUX

ROMANS ET CONTES PHILOSOPHIQUES.

Qu'est-ce que le talent du conteur, sinon tout le talent? Il renferme en lui, la déduction logique dans sa rigueur, le drame avec sa mobilité, l'essence même du génie lyrique avec son extase intérieure. Le narrateur est tout. Il est historien; il a son théâtre; sa dialectique pro-

fonde qui meut ses personnages; sa palette de peintre et sa loupe d'observateur. Non-seulement il peut réunir
les talens spéciaux que je viens d'indi-
quer, mais pour exceller dans son art, il
le doit. Imaginez un conte, sans intérêt de
drame, sans émotion lyrique, sans couleurs nuancées, sans logique exacte; il sera
pâle, extravagant et faux; il n'existera pas.

La narration est toute l'épopée; elle est
toute l'histoire; elle enveloppe le drame
et le sous-entend. Le conte est la littérature primitive. De quelle joie, dites-moi,
durent être saisis ceux qui, les premiers,
découvrirent et ressentirent cette jouissance! Ils inventèrent de pittoresques
symboles, en témoignage de leur ivresse

nouvelle. Ce fut l'Hercule Gaulois, dont la bouche laissait tomber les chaînes d'or qui retenaient les auditeurs; ce fut la baguette de Mercure, forçant à s'unir les hommes, plus acharnés que les serpens; c'est le chant de la syrène, entraînant le navigateur dans l'onde d'où ses accens émanaient. Le premier conteur fut un Dieu. Mais les époques primitives une fois passées, conter devint difficile.

Où est le merveilleux? Qu'est devenue la foi? L'analyse ronge la société en l'expliquant : plus le monde vieillit, plus la narration est une œuvre pénible. Rendez-moi compte de cet incident? Apportez-moi le *comment* de cet acte et le *pourquoi* de ce caractère? Disséquez ce cadavre et

sachez me plaire! Soyez commentateur et
amuseur!

Voici un conteur, qui arrive à l'époque
la plus analytique de l'ère moderne,
toute fondée sur l'analyse : sociétés, gouvernemens, sciences reposent sur elle;
elle s'empare de tout, pour tout flétrir.
Il naît dans le pays le plus rationel de
l'Europe; point d'oreilles faciles à duper
comme en Italie, où la musique est dans
le langage et l'ode dans le son; point de
croyance surnaturelle et populaire; le scepticisme est partout; la faculté raisonneuse
a pénétré jusqu'aux classes inférieures. De
l'ironie, mais peu caustique; de l'indifférence, excepté pour les intérêts matériels; par-
dessus tout, de l'ennui et de la lassitude.

Quel conte allez-vous faire à de telles gens? Ils vous répondront qu'ils ont vu Bonaparte, bivouaqué au Kremlin et couché à l'Alhambra. Ils mettront vos sylphides en fuite, et vos magiciens n'auront pas le moindre intérêt pour eux. Ils vous demanderont par quel procédé chimique l'huile brûlait dans la lampe d'Aladin. Ils ont demandé à M. de Balzac ce que serait advenu, si Raphaël eût souhaité que la Peau de chagrin s'étendît!

Osez donc leur réciter de beaux contes; enlevez-les, comme il faut qu'un bon narrateur le fasse, dans ce char d'Élie, dans cette narration aux ailes de feu et aux roues brûlantes, qui plonge dans le ciel et fait disparaître les villes, les maisons, les bois, les collines de l'horizon terrestre !

L'analyse, dernier développement de la pensée, a donc tué les jouissances de la pensée. C'est ce que M. de Balzac a vu dans son temps : c'est le dernier résultat de cet axiôme de Jean-Jacques : *L'homme qui pense est un animal dépravé.*

Assurément il n'est pas de donnée plus tragique ; car, à mesure que l'homme se civilise, il se suicide ; et cette agonie éclatante des sociétés offre un intérêt profond.

Le désordre et le ravage portés par l'intelligence dans l'homme, considéré comme individu et comme être social : telle est l'idée primitive qui règne dans les œuvres de Byron et de Godwin. M. de

Balzac l'a jetée dans ses contes. Il a vu de quels éclatans dehors cette société valétudinaire s'enorgueillit, de quelles parures ce moribond se couvre, de quelle vie galvanique ce cadavre s'émeut et s'agite par intervalles, de quelle lueur phosphorique il scintille encore. Opposant au néant intérieur et profond du corps social, cette agitation factice et cette splendeur funèbre, il a cru que la mission du conteur n'était pas finie et perdue; qu'il y avait encore une magie dans ce contraste; une féerie dans cette industrie créatrice de merveilles; un intérêt dans le jeu cupide des ressorts sociaux, cachés sous de si beaux dehors, dans ce spectacle d'une société rendant le dernier soupir sous des rideaux de pourpre, d'argent et de soie.

Un conteur, un amuseur de gens qui prend pour base la criminalité secrète, le marasme et l'ennui de son époque; un homme de pensée et de philosophie, qui s'attache à peindre la désorganisation produite par la pensée; tel est M. de Balzac.

Voilà sur quelles bases sont appuyés ces contes de nuances diverses, de formes variées, que M. de Balzac a osé lancer dans le dix-neuvième siècle, blasé, indifférent et peu amusable. Ce fonds misantropique, qu'une verve de gaieté et une fécondité d'invention incontestables raniment et font étinceler, vous le retrouvez dans *l'Auberge rouge*, que la Revue de

Paris a récemment publiée, dans *l'Elixir de longue vie*, dans *Sarrasine*, dans *la Comédie du Diable*, farce terrible dont le fantastique Introït lui a été généreusement donné par une des plus mordantes plumes de notre époque. Mais cette pensée première s'élève jusqu'aux proportions de la tragédie dans *El Verdugo*, où le parricide est sublime, parricide ordonné par une famille et au nom d'une chimère sociale, le parricide pour sauver un titre ! Ainsi, partout l'égoïsme : égoïsme de la famille, égoïsme physique, personnalités féroces qui naissent d'une civilisation sensuelle et raffinée. Tel est spécialement le fonds et la pensée créatrice de *la Peau de Chagrin*.

Rabelais, dans un autre temps, avait vu l'étrange effet de la pensée religieuse, qui, à force de pénétrer la société, achevait de la dissoudre. L'âme, divinisée par le christianisme, avait tout envahi. Le spiritualisme effaçait la matière. Le symbole, l'idéalisation régnaient sans partage; pour un symbole, l'Occident s'était rué sur l'Orient. Il dominait la poésie qu'il réduisait à l'état de fantôme, en multipliant les personifications allégoriques, en bannissant de son domaine les êtres vivants, la chair et le sang humains. Rabelais s'arma d'un symbole pour faire la guerre au symbole.

Holà! Messer Gaster, voici votre règne! Tonnes pleines d'hypocras, bons saucissons chargés d'épices, bombance gigantesque, culte de la **Dive** bouteille, douce abbaye de Thélème, dont le *rien faire* est la liturgie; venez?... Et dans une épopée immense, donnez-nous l'apothéose de ce corps humain que l'on foule aux pieds, et que le curé de Meudon ne se contente pas de remettre à sa place. Il l'installe sur un trône. Or, voici l'ère de Gargantua. On boit plus sec, on mange sans perdre jamais l'appétit : l'élément physique de l'homme se trouve déifié par cette ironie matérialiste, qui semble une prédiction du XVIIIᵉ siècle, et un oracle des destinées futures auxquelles le monde est réservé.

Passe joyeusement la vie et ris-toi du

reste! Trinque! comme l'a dit M. de Balzac
dans *la Peau de Chagrin*, voilà le sens
des amères dérisions du Pantagruel, et
peut-être l'arrêt définitif de ce livre.

Certes, Rabelais, s'il n'eût pas vécu au
commencement du seizième siècle, tout
à la fin de ce qu'on appelle moyen-âge,
n'eût rien écrit de pareil. Dans Pantagruel et Gargantua, il résuma le passé,
railla le présent et s'empara de l'avenir,
qu'une civilisation matérielle allait isoler
de l'ancienne société chrétienne et spiri-
tualiste, de l'avenir qu'une philosophie
sensualiste allait dominer et mouler à son
plaisir.

L'ère de Rabelais a expiré. Celle qu'il
annonçait parcourt son cycle et l'accom-

plit. Ce ne sont plus les ravages de la pensée idéaliste, mais ceux du sensua-lisme analytique, que le conteur philo-sophe peut retracer aujourd'hui.

Aussi, voyez tous ces types d'égoïsme civilisé qui se donnent rendez-vous dans *la Peau de Chagrin : Fœdora*, femme sans cœur, type d'une société sans cœur ; *Raphaël*, symbole de la misère écla-tante, le dandy sans un écu ; le malheur même que donne l'étude solitaire, avec la gloire en perspective, le grenier pour théâtre, et la souffrance pour escorte. Le vaste plan, caché sous ces fantaisies, a dû échapper à plusieurs yeux. Des critiques n'ont pas vu que *la Peau de Chagrin* est l'expression de la vie humaine, abs-

traction faite des individualités sociales;
la vie avec ses ondulations bizarres, avec
sa course vagabonde et son allure *ser-
pentine*, avec son égoïsme toujours présent sous mille métamorphoses. La même
signification se trouve cachée sous les
plus légers incidens de cette fiction. A
part l'intérêt dramatique du livre, il renferme un intérêt de philosophie allégo-
rique qui s'attache aux plus minces détails et poursuit sans pitié cette science
d'égoïsme que la civilisation fait naître.
Voyez Raphaël? Comme le sentiment de
sa conservation étouffe en lui toute autre
idée! Comme dans la scène du duel, chez
les paysans, dans son hôtel de Paris, le
même sentiment l'absorbe! Soumis à ce

talisman terrible, il vit et meurt dans une convulsion d'égoïsme.

C'est cette personnalité qui ronge le cœur et dévore les entrailles de la société où nous sommes. A mesure qu'elle augmente, les individualités s'isolent; plus de liens, plus de vie commune. La personnalité règne; c'est son triomphe et sa fureur que *la Peau de Chagrin* a reproduits. Dans ce livre, il y a toute une époque. Là, comme on l'a dit dans une journal (*), « vous pouvez, si cela vous » duit, voir apparaître, sous forme vi- » vante, notre civilisation d'hier et d'au- » jourd'hui : toute parée, toute folle d'en- » nui et de luxe, avec son dégoût, son

(*) *Le Messager.*

» désespoir, ses bons mots, ses velléités

» de science et de religion, ses créations

» qui avortent, ses vertus qui ne sont pas

» écloses, son éclat semblable à la lueur

» émanée des endroits infects; ses pré-

» tentions de grandeur, de sévérité, de

» patriotisme, d'énergie, de rénovation,

» de génie, d'organisation, de conserva-

» tion, de durée; et son néant réel, son

» mal intime; son manque de foi, sa fai-

» blesse de volonté, son inanité, sa dé-

» crépitude, sa force factice, comme

» celle de l'ivresse, passagère, comme

» celle que la pile de Volta communique

» à un corps mort.

» Il serait curieux de contempler le

» critique de l'ancienne école, l'homme

» de bon goût et de bonnes mœurs, en
» face de cette œuvre. Oh! le pauvre
» homme! que fera-t-il de sa toise? lui
» qui veut de la raison ; lui le jugeur, le
» peseur des mots; lui, le compas en
» main, la loupe appliquée sur l'œil,
» heureux de découvrir une irrégularité
» dans un livre, une verrue dans un beau
» visage? Assurément il ne comprendra
» pas un mot de ce conte. Il aime la lit-
» térature de plain-pied ; ici tout est abî-
» mes, précipices, saillies, excroissances,
» hautes montagnes, profondeurs sans
» fond.

» Je jure que le plus habile critique
» de 1800 à 1820 ne se ferait pas une
» idée nette sur un pareil ouvrage. Il bri-

» serait sa toise, il jetterait son compas.
» Autant vaudrait demander à M. d'A-
» guesseau l'explication satisfaisante d'un
» journal de 1831. En vain diriez-vous
» à notre Aristarque dans l'embarras,
» que l'auteur de *la Peau de Chagrin* a
» voulu, comme feu Rabelais, formuler
» la vie humaine et résumer son époque
» dans un livre de fantaisie, épopée, sa-
» tire, roman, conte, histoire, drame,
» folie aux mille couleurs. Le critique
» vous dira que Pantagruel est une allé-
» gorie, que Panurge est évidemment
» Rabelais et Pantagruel François Ier;
» mais que, dans l'œuvre de M. de Balzac,
» rien de pareil ne frappe ses yeux. Et si
» vous répliquez en disant que la pré-

» tendue allégorie, découverte dans Ra-

» belais par la lubie des savans, n'a ja-

» mais eu d'existence; que le monstre

» comique, créé par le médecin Chino-

» nais, est une immense arabesque, fille

» du caprice accouplée avec l'observa-

» tion : notre homme vous tournera le

» dos, non sans prier Dieu qu'il vous

» rende votre raison perdue et vous fasse

» cadeau d'une bonne édition de Laharpe.

    » Il y a dans l'œuvre de M. de Balzac

» le cri éclatant, le cri de désespoir d'une

» littérature expirante. Œuvre puissante...

» Je ne parle pas de la souplesse d'un

» style qui insulte à tout moment la cri-

» tique, et d'une vivacité extrême de

» teintes chatoyantes et contrastantes;

» mais de la portée générale d'un livre,

» où le siècle et le pays les plus confus

» qui aient jamais existé, se concentrent

» sous des formes poétiques, réelles, co-

» lorées, qui éblouissent le regard. Avoir

» trouvé le fantastique de notre époque,

» ce n'est ni un petit mérite, ni un mince

» travail. L'avoir vivifié sans tomber dans

» la froideur de l'allégorie, c'est chose

» méritoire, c'est le témoignage d'un rare

» talent. Il fallait, pour obtenir ce résul-

» tat, n'oublier aucune des brillantes

» nuances dont elle se pare, nous donner

» les fêtes, l'esprit, le dévergondage, les

» riches étoffes, les jouissances effrénées,

» le jeu, l'amour, la poésie de costume,

» qui se pressent dans les grandes villes;

» il fallait n'oublier non plus aucune des

» misères sociales; ces cœurs desséchés,

» ces existences perdues, ces arts qui

» augmentent la richesse sans ajouter rien

» au bonheur; il fallait faire voir, au sein

» de la civilisation, fleur éclatante et

» factice, le ver qui la ronge, le poison

» qui la tue.

» Ce livre a tout l'intérêt d'un conte

» arabe, où la féerie et le scepticisme se

» donnent la main, où des observations

» réelles et pleines de finesse sont enfer-

» mées dans un cercle de magie. Vous

» y trouverez de grands salons et de

» grandes orgies, la mansarde du jeune

» savant et le boudoir de la femme à la

» mode, la table de jeu et le laboratoire

» du chimiste : tout ce qui influe sur notre
» société, depuis le sourire de la jeune
» fille, jusqu'aux malices du feuilleton.

» Et n'attendez pas que je vous donne
» une idée plus exacte de cet étrange
» livre; il est de ceux où chacun trouve
» pâture à son goût : à tel la satire, à tel
» autre le fantastique, à celui-là des ta-
» bleaux brillamment colorés. Si la société
» telle qu'elle est vous ennuie tant soit
» peu, et qu'il vous agrée de la voir
» pincée, fouettée, marquée, en grande
» pompe, sur un bel échafaud, au milieu
» de tout le fracas d'un orchestre rossi-
» nien, d'un tintamarre et d'un charivari
» incroyable, et de la décoration la plus
» étourdissante, lisez *la Peau de Cha-*

» *grin*, vous en avez pour trois nuits

» d'images éclatantes et terribles qui sou-

» lèveront les rideaux de votre alcôve

» pour peu que nature vous ait doué

» d'imagination; et pour un an de ré-

» flexion, si vous êtes né contemplateur,

» observateur et penseur. »

Le public, qui a si rapidement enlevé la première édition, a justifié le critique. Mais l'auteur, docile aux observations qui lui ont été adressées par amis et enne-mis, n'a épargné ni ratures, ni veilles, ni suppressions, ni corrections, pour rendre plus parfaite la seconde édition de son œuvre. Il a même fait le sacrifice de sa préface presque entière; préface consa-crée à une justification inutile. Il avait tort de croire que la *Physiologie du mariage*, œuvre d'ironie et d'analyse, eût marqué son front d'un sceau de cynisme et d'impudence : on ne confond plus les fantaisies de l'art avec le caractère de l'artiste; on sait que le plus doux des hommes peut devenir, dans sa tragédie, sanguinaire, criminel et implacable. On sait que le poëte le plus ardemment érotique peut ne demander à l'amour que la jouissance des beaux vers. Cependant cette préface, dont le scrupule de l'auteur avait tracé les pages, et dont il fait le sacrifice, contenait des observations générales et philosophiques, que nous croyons devoir reproduire ici.

L'auteur explique, avec autant de sagacité que de finesse, le procédé physiologique qui préside à la création d'une œuvre d'art et fait naître dans l'esprit de l'artiste mille fantômes, dont la moralité ne lui est pas imputable.

« Quoique restreint dans les bornes d'une préface, cet essai psychologique aidera peut-être, disait-il, à expliquer les bizarres disparates qui existent entre le talent d'un écrivain et sa physionomie. Certes, cette question intéresse les femmes-poëtes encore plus que l'auteur lui-même.

» L'art littéraire, ayant pour objet de reproduire la nature par la pensée, est le plus compliqué de tous les arts.

» Peindre un sentiment, faire revivre les couleurs, les ombres, les demi-teintes, les jeux de lumière, accuser avec justesse les contours, reproduire fidèlement une scène étroite, mer ou montagnes, ruines ou intérieurs, voilà toute la peinture.

» La sculpture est plus restreinte encore dans ses ressources. Elle ne possède guères qu'une pierre et une couleur pour exprimer la plus riche des natures, le sentiment dans les formes humaines : aussi le sculpteur cache-t-il sous le marbre d'immenses travaux d'idéalisation dont peu de personnes lui tiennent compte.

» Mais, plus vastes, les idées comprennent tout : l'écrivain doit être familiarisé avec tous les effets, avec toutes les natures. Leibnitz a résumé cette idée par un mot sublime : *l'âme du poëte est le mi-*

roir du monde. Dans ce miroir concen-
trique, sa fantaisie réfléchit l'univers;
sinon, le poëte et même l'observateur
n'existent pas; car il ne s'agit pas seulement de voir, il faut encore se souvenir
et empreindre ses impressions dans un
certain choix de mots, et les parer de
toute la grâce des images ou leur commu-
niquer le vif des sensations primordiales...

» Or, sans entrer dans les méticuleux
aristotélismes créés par chaque auteur
pour son œuvre, par chaque pédant dans
sa théorie, l'auteur pense être d'accord
avec toute intelligence, haute ou basse,
en composant *l'art littéraire* de deux
parties bien distinctes : *l'observation —
l'expression.*

» Beaucoup d'hommes distingués sont
doués du talent d'observer, sans posséder
celui de donner une forme vivante à leurs
pensées ; comme d'autres écrivains ont
été doués d'un style merveilleux, sans
être guidés par ce génie sagace et curieux
qui voit et enregistre toute chose. De ces
deux dispositions intellectuelles résultent,
en quelque sorte, une vue et un toucher
littéraires. A tel homme, *le faire* ; à tel
autre, *la conception* ; celui-ci joue avec
une lyre sans produire une seule de ces
harmonies sublimes qui font pleurer ou
penser ; celui-là compose des poëmes pour
lui seul, faute d'instrument.

» La réunion des deux puissances fait
l'homme complet ; mais, cette rare et

heureuse concordance n'est pas encore le génie, ou plus simplement ne constitue pas la volonté qui engendre une œuvre d'art.

» Outre ces deux conditions essentielles au talent, il se passe chez les poëtes ou chez les écrivains réellement philosophes, un phénomène moral, inexplicable, inouï, dont la science peut difficilement rendre compte. C'est une sorte de seconde vue qui leur permet de deviner la vérité dans toutes les situations possibles; ou, mieux encore, je ne sais quelle puissance qui les transporte là où ils doivent, où ils veulent être. Ils inventent le vrai, par analogie, ou voient l'objet à décrire, soit que l'objet vienne à eux, soit qu'ils aillent eux-mêmes vers l'objet. »

I.   3

L'auteur se contente de poser les termes de ce problème, sans en chercher la solution.

« Donc, selon M. de Balzac, l'écrivain doit avoir l'intuition analytique de tous les caractères : toutes les mœurs il les épouse ; toutes les passions il les ressent : les idées, les pays, les mœurs, les caractères : accidens de nature, accidens de morale ; tout se meut dans sa pensée. En traçant le portrait du *Laird de Dumbiedikes*, il se fait avare ; il conçoit l'avarice ; il en pénètre les mystères. S'il écrit *Lara* ou le *Giaour*, il assassine, il comprend le meurtre, la tache de sang est sur son front. Le voilà criminel ; il conçoit le crime ; il l'appelle et le contemple.

est-il une faible étincelle tombée d'en haut
sur l'homme; et, alors, peut-être les adora-
tions dues aux grands génies seraient-elles
une noble et haute prière! S'il n'en était pas
ainsi, pourquoi notre estime se mesure-
rait-elle à la force, à l'intensité du rayon
céleste qui brille en eux? Où le degré
d'enthousiasme dont nous sommes saisis
pour les grands hommes, doit-il se pro-
portionner au degré de plaisir qu'ils nous
donnent, au plus ou moins d'utilité de
leurs œuvres?... Que chacun choisisse
entre le matérialisme et le spiritualisme!...

» Cette métaphysique littéraire a en-
traîné l'auteur assez loin de la question
personnelle. Mais quoique dans la pro-
duction la plus simple, dans *Riquet à la*

houpe même, il y ait un travail d'artiste,
et qu'une œuvre de naïveté porte souvent
le signe du *mens divinior* plus profondément empreint qu'il ne l'est dans un vaste
poëme, il n'a pas la prétention d'écrire
pour lui cette ambitieuse théorie, à l'instar de quelques auteurs contemporains
dont les préfaces étaient les petits pèle-
rinages de petits Childe-Harold. Il a
seulement voulu réclamer pour les auteurs, les anciens priviléges de la *clergie*,
qui se jugeait elle-même.

» La *Physiologie du Mariage* était
une tentative faite pour retourner à la
littérature fine, vive, railleuse et gaie du
dix-huitième siècle, où les auteurs ne se
tenaient pas toujours droits et raides, où

l'on ne discutait pas à tout propos la poésie, la morale et le drame, mais où il se faisait du drame, de la poésie et des ouvrages de vigoureuse morale. L'auteur de ce livre cherche à favoriser la réaction littéraire que préparent certains bons esprits ennuyés de notre vandalisme actuel, et fatigués de voir amonceler tant de pierres sans qu'aucun monument surgisse. Il ne comprend pas la pruderie, l'hypocrisie de nos mœurs ; et refuse du reste, aux gens blasés, le droit d'être difficiles.

» De tous côtés s'élèvent des doléances sur la couleur sanguinolente des écrits modernes. Les cruautés, les supplices, les gens jetés à la mer, les pendus, les gibets, les condamnés, les atrocités chaudes et froides, les bourreaux, tout est devenu bouffon !

» Naguère, le public ne voulait plus sympathiser avec les jeunes malades, les convalescens et les doux trésors de mélancolie contenus dans l'infirmerie littéraire. Il a dit adieu aux Tristes, aux Lépreux, aux langoureuses élégies. Il était las des Bardes nuageux et des Sylphes, comme il est aujourd'hui rassasié de l'Espagne, de l'Orient, des supplices, des pirates et de l'histoire de France walterscottisée. Que nous reste-t-il donc?...

» Si le public condamnait les efforts des écrivains qui essaient de remettre en honneur la littérature franche de nos ancêtres, il faudrait souhaiter un déluge de

barbares, la combustion des bibliothèques, et un nouveau moyen âge; alors,
les auteurs recommenceraient plus facilement le cercle éternel dans lequel l'esprit humain tourne comme un cheval de
manége.

» Si Polyeucte n'existait pas, plus
d'un poëte moderne est capable de refaire
Corneille, et vous verriez éclore cette
tragédie sur trois théâtres à la fois, sans
compter les vaudevilles où Polyeucte
chanterait sa profession de foi chrétienne
sur quelque motif de la *Muette.* Enfin,
les auteurs ont souvent raison dans leurs
impertinences contre le temps présent. Le
monde leur demande de belles peintures? où en seraient les types? Vos habits

mesquins, vos révolutions manquées, vos bourgeois discoureurs, votre religion morte, vos pouvoirs éteints, vos rois en demi-solde, sont-ils donc si poétiques?

» Nous ne pouvons aujourd'hui que nous moquer. La raillerie est toute la littérature des sociétés expirantes... Aussi l'auteur de ce livre, soumis à toutes les chances de son entreprise littéraire, s'attend-il à de nouvelles clameurs. »

M. de Balzac, dont les Contes ont vaincu la formaliste apathie de son temps, et qui, dans *la Peau de chagrin*, a donné preuve de cette énergie et de cette fécondité, de cette verve hardie et poignante, que l'on réclame aujourd'hui, comme un palais blasé veut de l'orpiment et de l'alcool, ne s'en tiendra pas à cet essai. Il a frappé notre époque, en lui empruntant ses propres armes; en employant cette frénésie d'invention, cette ironie envenimée, ces couleurs ardentes, sombres et tranchées, dont l'abus serait la perte de l'art. Quand il voudra être simple, il saura l'être, comme il l'a prouvé dans *le Réquisitionnaire*, dans l'*Étude de femme*, dans *les Proscrits* et *l'Enfant maudit*. On le verra changer les couleurs de sa palette, et de nuance en nuance, d'existence en existence, de mode en mode, parcourir tous les degrés de l'échelle sociale et montrer tour à tour

le paysan, le mendiant, le pâtre, le bourgeois, le ministre, attaqués de la même
maladie destructive. Il ne reculera pas
même devant le roi et le prêtre, ces deux
derniers échelons de notre hiérarchie
croulante; le roi, que notre progrès de
civilisation a tellement ébranlé sur son
trône qu'il n'a plus de confiance à sa couronne; le prêtre dont la pensée renferme
le dernier, le plus large développement de
l'intelligence humaine, et qui n'est plus
qu'un spectre lorsqu'il cesse d'avoir foi
en lui.

La foi et l'amour, s'éloignant des
hommes livrés à la culture intellectuelle;
la foi et l'amour, s'exilant pour laisser
dans un désert d'égoïsme profond, tous

ces hauts esprits, tous ces êtres parqués dans leur personnalité; tel est le but des contes de M. de Balzac. Dans celui que l'auteur a intitulé *Jésus - Christ en Flandre*, un rayon d'amour et de foi tombe du ciel. Les Pariahs de la société, ceux qu'elle bannit de ses universités et de ses colléges, restent fidèles à leur croyance, et conservent, avec leur pureté morale, la force de cette foi qui les sauve, tandis que les gens supérieurs, fiers de leur haute capacité, voient s'accroître leurs maux avec leur orgueil, et leurs douleurs avec leurs lumières. Cette moralité suprême qui couronne la peinture de tous les types d'individualisme est d'un bel effet.

C'est non-seulement la société dans ses masses, que frappe de mort l'égoïsme, fils de l'analyse et de cette raison approfondissante qui nous ramène sans cesse à notre personnalité; c'est aussi la société dans ses élémens partiels; c'est encore le gouvernement et la théorie politique. De degrés en degrés, l'auteur s'élevera jusqu'à cette dernière ironie, la plus haute et la plus en harmonie avec notre temps. Dans l'*Histoire de la succession du marquis de Carabas*, dernière œuvre qui complétera la donnée de ce recueil, il montre la société politique en proie à la même impuissance, au même néant qui dévorent Raphaël dans *la Peau de Chagrin*. Même intensité de

désirs, même éclat extérieur, même misère réelle; même formule inévitable,
éternelle, où la nationalité se trouve
pressée comme l'individualisme dans
la sienne. Ici un ton de bonhomie plus
naïve, une satire moins amère, s'accor-
deront avec une ironie qui s'attaque
non aux hommes, mais aux doctrines,
non aux individualités, mais aux systèmes.

Ces récits, mêlés de merveilleux et
dictés par la fantaisie, ont conquis un
succès populaire dans une époque si contraire à la libre et capricieuse fiction:
mais on les a plutôt acceptés comme des
inventions brillantes que comme des œuvres de raison. Nous avons pris plaisir à

en développer le sens philosophique, la portée morale, inaperçus de la foule. Ce n'est pas là ce qui fait le succès du jour; mais ce qui le propage et le continue dans l'avenir.

P.

La Peau de Chagrin.

PREMIÈRE PARTIE.

LA PEAU DE CHAGRIN.

I.

Vers la fin du mois d'octobre dernier, un jeune homme entra dans le Palais-Royal au moment où s'ouvraient les maisons de jeu, conformément à la loi qui protége, à Paris, une passion essentiellement productive et chère au fisc.

Sans trop hésiter, l'inconnu monta l'escalier du tripot établi au numéro 39.

— Monsieur!... votre chapeau, s'il vous
plaît?... lui cria d'une voix sèche et gron-
deuse, un petit vieillard blême, accroupi dans
l'ombre, protégé par une barricade, et qui,
se levant soudain, fit voir une figure moulée
d'après un type ignoble.

Quand vous entrez dans une maison de
jeu, la loi commence par vous dépouiller de
votre chapeau.

Est-ce une parabole évangélique et provi-
dentielle?...

N'est-ce pas plutôt une manière de signer
un contrat infernal avec vous, en exigeant je
ne sais quel gage?

Serait-ce pour vous obliger à garder un
maintien respectueux devant ceux qui gagne-
ront votre argent.

Est-ce curiosité de la police, qui, fouillant
tous les égouts sociaux, est intéressée à savoir le nom de votre chapelier, ou le vôtre,
si vous l'avez inscrit sur la coiffe?

Est-ce, enfin, pour prendre la mesure de
votre crâne et dresser une statistique instruc-
tive sur la capacité cérébrale des joueurs?...

Il y a, sur ce point, silence complet chez l'administration.

Seulement, à peine avez-vous fait un pas vers le tapis vert, que déjà votre chapeau ne vous appartient pas plus que vous ne vous appartenez à vous-même. Vous êtes au jeu, vous, votre fortune, votre coiffe, votre canne et votre manteau.

A votre sortie, le Jeu, par une atroce épigramme en action, vous démontrera qu'il vous laisse encore quelque chose en vous rendant votre bagage... mais, si, par malheur, vous veniez avec une coiffure neuve, vous apprendrez à vos dépens, qu'il faut avoir un costume de joueur.

L'étonnement, manifesté par l'étranger quand il reçut une fiche numérotée en échange de son chapeau dont heureusement les bords étaient légèrement pelés, indiquait assez une âme encore innocente.

Le petit vieillard, ayant sans doute croupi dès son jeune âge dans les atroces plaisirs de la vie des joueurs, lui jeta un coup d'œil terne et sans chaleur, mais dans lequel un philosophe aurait lu les misères de l'hôpital, les vagabondages des gens ruinés, les procès-ver-

baux d'une foule d'asphyxies, les travaux
forcés à perpétuité, les expatriations au Gua-
zacoalco...

Cet homme avait une longue face blanche
dont les fibres ne s'entretenaient plus guère
que par la soupe gélatineuse de M. d'Arcet.
Il présentait une vivante image de la passion
réduite à son terme le plus simple. Dans ses
rides, il y avait trace de vieilles tortures. Il
devait jouer ses maigres appointemens, le
jour même où il les recevait. Enfin, comme
une rosse sur laquelle les coups de fouet n'ont
plus de prise, il ne tressaillait plus aux sourds
gémissemens, aux muettes imprécations, aux
regards hébétés des joueurs, quand ils sor-
taient ruinés. C'était le Jeu incarné.

Si le jeune homme avait contemplé ce triste
cerbère, peut-être se serait-il dit :

— Il n'y a plus qu'un jeu de cartes dans ce
cœur-là...

Mais l'inconnu n'écouta pas ce conseil vivant, placé là sans doute par la providence,
comme elle a mis le dégoût à la porte de tous
les lieux mauvais... Non. Il entra, résolument,
dans la salle d'où l'or faisait entendre une
prestigieuse musique... Ce jeune homme était

probablement poussé là par la plus logique
de toutes les éloquentes phrases de J.-J. Rousseau, et dont voici, je crois, la triste pensée :
— *Oui, je conçois qu'un homme aille au Jeu ;
mais c'est lorsque entre lui et la mort, il ne
voit plus que son dernier écu...*

II.

L<small>E</small> soir, les maisons de jeu n'ont qu'une poésie vulgaire, mais dont l'effet est assuré comme celui d'un mélodrame plein de sang. Les salles sont garnies de spectateurs et de joueurs, de vieillards indigens qui viennent s'y réchauffer, de faces agitées, d'orgies commencées dans le vin et près de finir dans la

Seine. La passion y abonde; mais le trop grand nombre d'acteurs vous empêche de contempler face à face le démon du jeu. La soirée est un véritable morceau d'ensemble où la troupe entière crie, où chaque instrument de l'orchestre module sa phrase...

Vous verriez là beaucoup de gens honorables qui viennent y chercher des distractions, et qui les paient comme ils paieraient le plaisir du spectacle, de la gourmandise, ou comme ils iraient dans une mansarde acheter, à bas prix, des remords pour trois mois.

Mais comprenez-vous tout ce que doit avoir de délire et de vigueur dans l'âme un homme qui attend avec impatience l'ouverture d'un tripot?... Il existe, entre le joueur du matin et le joueur du soir, la différence qui distingue le mari nonchalant, de l'amant rôdant sous les fenêtres de sa belle... Le matin seulement, arrivent la passion palpitante, le besoin dans sa franche horreur... En ce moment, vous pourrez admirer un véritable joueur, un joueur qui n'a pas mangé, dormi, vécu, pensé, tant il était rudement flagellé par le fouet de sa martingale; tant il souffrait, travaillé par le prurit d'un coup de *trente* et *qua-*

rante. A cette heure maudite, vous rencontrerez des yeux dont le calme effraie, des visages qui vous fascinent, des regards qui soulèvent les cartes, et les dévorent.

Aussi, les maisons de jeu ne sont-elles sublimes qu'à l'ouverture de leurs séances... Si l'Espagne a ses combats de taureaux, si Rome a eu ses gladiateurs, Paris s'enorgueillit de son Palais - Royal dont les agaçantes roulettes donnent le plaisir de voir couler le sang à flots, sans que les pieds du parterre risquent d'y glisser. Essayez de jeter un regard furtif sur cette arène. Entrez !

Quelle nudité !... Les murs, couverts d'un papier gras à hauteur d'homme, n'offrent pas une image qui puisse rafraîchir l'âme ; il ne s'y trouve même pas un clou pour faciliter le suicide... Le parquet est usé, malpropre. Une table ronde occupe le centre de la salle ; et la simplicité des chaises de paille pressées autour de ce tapis usé par l'or, annonce une curieuse indifférence du luxe chez ces hommes qui viennent périr là pour la fortune et pour le luxe.

Cette antithèse humaine est établie partout où l'âme réagit puissamment sur elle-même.

L'amoureux veut mettre sa maîtresse dans la soie, la revêtir d'un moelleux cachemire, et, la plupart du temps, il la possède sur un grabat. L'ambitieux rêve de demeurer au faîte du pouvoir, en s'aplatissant dans la boue d'une révérence. Le marchand vit dans une boutique humide et malsaine, en se construisant un hôtel où il ne restera pas un an... Enfin, à part la vue des cuisines et l'odeur des cabarets, y a-t-il chose plus déplaisante qu'une maison de plaisir?.... Singulier problème!.... L'homme signe son impuissance dans tous les actes de sa vie! Il n'est jamais ni tout-à-fait heureux, ni complètement misérable...

... Au moment où le jeune homme entra dans le salon, quelques joueurs s'y trouvaient déjà...

Trois vieillards, à têtes chauves, étaient nonchalamment assis autour du tapis vert. Leurs visages de plâtre, impassibles comme ceux des diplomates, révélaient des âmes blasées, des cœurs qui, depuis long-temps, avaient désappris de palpiter, même en risquant les biens paraphernaux d'une femme....

Un jeune Italien, aux cheveux noirs, au teint olivâtre, était accoudé tranquillement

au bout de la table, et paraissait écouter ces
pressentimens secrets qui crient fatalement à
un joueur : — Oui... — Non... Cette tête mé-
ridionale respirait l'or et le feu.

Sept ou huit spectateurs, debout, rangés
de manière à former une galerie, attendaient
les scènes que leur préparaient les coups du
sort, les figures des acteurs, le mouvement
de l'argent et des râteaux. Ces désœuvrés
étaient là, silencieux, immobiles, attentifs,
comme est le peuple à la Grève, quand le
bourreau tranche une tête.

Un grand homme sec, en habit râpé, tenait un registre d'une main, et, de l'autre,
une épingle pour marquer les passes de la
rouge ou de la noire. C'était un de ces Tan-
tales modernes qui vivent en marge de toutes
les jouissances de leur siècle ; un de ces avares
sans trésor qui jouent en idée une mise imaginaire ; espèce de fou raisonnable, se conso-
lant de ses misères en caressant une épouvantable chimère ; agissant enfin, avec le vice
et le danger, comme les jeunes prêtres avec
Dieu, quand ils disent des messes blanches.

Puis, en face de la banque, un ou deux de
ces fins spéculateurs, experts des chances du

jeu, et semblables à d'anciens forçats qui ne s'effraient plus des galères, étaient venus là pour hasarder trois coups et remporter immédiatement le gain probable dont ils vivaient.

Deux vieux garçons de salles se promenaient nonchalamment les bras croisés, regardant le jardin par les fenêtres, de temps à autre, comme pour montrer aux passans leurs plates figures, en guise d'enseigne.

Le *tailleur* et le *banquier* venaient de jeter sur les ponteurs ce regard blême qui les tue, et disaient d'une voix grêle :

— Faites le jeu !...

Quand le jeune homme ouvrit la porte...

Alors le silence devint en quelque sorte plus profond, et les têtes se tournèrent vers le nouveau venu par curiosité.

Mais, chose inouïe, les vieillards émoussés, les employés pétrifiés, les spectateurs, et même l'Italien fanatique, tous éprouvèrent, à l'aspect de l'inconnu, je ne sais quel sentiment épouvantable.

Ne faut-il pas être bien malheureux pour obtenir de la pitié, bien faible pour exciter une sympathie, ou bien sinistre pour faire

frissonner les âmes dans cette salle où les
douleurs doivent être muettes, la misère
gaie, le désespoir décent?... Eh bien! il y avait
de tout cela dans la sensation neuve qui remua tous ces cœurs glacés quand le jeune
homme entra; mais les bourreaux n'ont-ils
pas quelquefois pleuré sur les vierges dont
la Révolution leur ordonnait de couper les
blondes têtes...

Au premier coup d'œil les joueurs lurent
sur le visage du novice quelque horrible
mystère...

Ses jeunes traits étaient empreints d'une
grâce nébuleuse. Dans son regard, il y avait
bien des efforts trahis, bien des espérances
trompées! La morne impassibilité du suicide
donnait à son front une pâleur mate et mala-
dive. Un sourire amer dessinait de légers plis
dans les coins de sa bouche. Il y avait sur
toute sa physionomie une résignation qui faisait mal à voir.

Quelque secret génie scintillait au fond de
ses yeux voilés par les fatigues du plaisir;
car la débauche marquait de son sale cachet
cette noble figure, jadis pure et brillante,
maintenant dégradée. Les médecins auraient

peut-être attribué à des lésions au cœur ou à
la poitrine, le cercle jaune qui encadrait les
paupières et la rougeur dont les joues étaient
marbrées ; tandis que les poëtes eussent voulu
reconnaître, à ces signes, les ravages de la
science, les traces de nuits passées à la lueur
d'une lampe studieuse. Mais une passion plus
mortelle que la maladie, une maladie plus
impitoyable que l'étude et le génie, altéraient
cette jeune tête, contractaient ces muscles
vivaces, tordaient ce cœur, sur lesquels les
orgies, l'étude et la maladie n'avaient que difficilement mordu.

Comme, lorsqu'un célèbre criminel arrive
au bagne, les condamnés l'accueillent avec
respect, ainsi, tous ces démons humains,
experts en tortures, saluèrent une douleur
inouïe, une blessure dont ils soupçonnaient
par instinct la profondeur ; et reconnurent
un de leurs princes, à la majesté de sa muette
ironie, à l'élégante misère de ses vêtemens....

Le jeune homme avait bien un frac de bon
goût ; mais la jonction de son gilet et de sa
cravate était trop savamment maintenue pour
qu'on lui supposât du linge. Ses mains, jolies
comme des mains de femme, étaient d'une

douteuse propreté. Depuis deux jours, il ne portait plus de gants... Ce diagnostic disait tout...

Si le tailleur et les garçons de salle eux-mêmes frissonnèrent, c'est que les enchantemens de l'innocence florissaient par vestiges dans ses formes grêles et fines, dans ses cheveux blonds et rares, naturellement bouclés... Cette figure avait encore vingt-cinq ans, et le vice paraissait y être un accident. La verte vie de la jeunesse y luttait encore avec les rages d'une impuissante lubricité. Les ténèbres et la lumière, le néant et l'existence s'y combattaient en produisant tout à la fois de la grâce et de l'horreur. Le jeune homme se présentait là comme un ange sans rayons, égaré dans sa route ; aussi, tous ces professeurs émérites de vice et d'infamie, semblables à une vieille femmeé dentée, prise de pitié à l'aspect d'une ravissante fille qui s'offre à la corruption, avaient l'air de lui crier :

— Sortez !...

Il marcha droit à la table ; et, s'y tenant debout, il jeta sans calcul, sur le tapis, une pièce d'or qu'il avait dans la main ; puis, ab-

horrant, comme les âmes fortes, de chica-
nières incertitudes, il lança sur le tailleur un
regard tout à la fois turbulent et calme.

L'intérêt de ce coup était si puissant que
les vieillards ne firent pas de mise ; mais
l'Italien, saisissant avec le fanatisme de la
passion une idée qui lui souriait, ponta sa
masse d'or en opposition au jeu de l'inconnu.

Le banquier oublia de dire ces phrases qui
se sont à la longue converties en un cri rau-
que et inintelligible.

— Faites le jeu !...

— Le jeu est fait !...

— Rien ne va plus.....

Le tailleur étala les cartes en paraissant
souhaiter bonne chance au dernier venu, indifférent qu'il était à la perte ou au gain fait
par les entrepreneurs de ces sombres plaisirs.

Tous les yeux, arrêtés sur les cartons
fatidiques, étincelaient ; car les spectateurs
voyaient un drame et la dernière scène d'une
belle vie dans cette pièce d'or. Mais, malgré
l'attention avec laquelle ils regardèrent alternativement le jeune homme et les cartes, ils
ne purent apercevoir aucun symptôme d'é-
motion sur sa figure froide et résignée.

I. 5

— Rouge perd !…. dit officiellement le tailleur.

Une espèce de râle sourd sortit de la poitrine de l'Italien lorsqu'il vit tomber le paquet de billets que lui jeta le banquier. Quant au jeune homme, il ne comprit sa ruine qu'au moment où le râteau s'allongea pour ramasser son dernier napoléon. L'ivoire fit rendre un bruit sec à la pièce, qui, rapide comme une flèche, alla se réunir au tas d'or étalé devant la caisse. L'inconnu ferma les yeux doucement, ses lèvres blanchirent; mais il releva bientôt ses paupières; sa bouche reprit une rougeur de corail; il affecta l'air d'un Anglais pour qui la vie n'a plus de mystères; et disparut sans mendier une consolation par un de ces regards déchirans que les joueurs au désespoir lancent assez souvent sur la galerie taciturne dont ils sont entourés.

Que d'événemens se pressent dans l'espace d'une seconde, et quel abîme est donc la cervelle humaine !…

— Il paraît que c'est sa dernière cartouche !…. dit en souriant le croupier, après un moment de silence, en tenant cette pièce d'or entre le pouce et l'index, et la montrant aux assistans.

— C'est un cerveau brûlé qui va se jeter à l'eau!... répondit un habitué en regardant autour de lui; car tous les joueurs se connaissaient.

— Bah! s'écria le garçon de bureau, en prenant une prise de tabac.

— Si nous avions imité monsieur?... dit un des vieillards à ses collègues, en désignant l'Italien; hein?...

Tout le monde regarda l'heureux joueur dont les mains tremblaient en comptant ses billets de banque.

— J'ai entendu, dit-il, une voix qui me criait dans l'oreille: Le Jeu aura raison contre le désespoir de ce jeune homme!...

— Ce n'est pas un joueur!... reprit le banquier. Autrement, il aurait fait trois coups de son argent pour se donner plus de chances!...

III.

Le jeune homme passait sans réclamer son
chapeau ; mais le vieux molosse, ayant remarqué le mauvais état de cette guenille, la
lui rendit sans proférer une parole, et le
joueur restitua la fiche par un mouvement
machinal. Puis, il descendit les escaliers en
sifflant le *di tanti palpiti* d'un souffle si faible

qu'il en entendait à peine lui-même les notes
délicieuses, et il se trouva bientôt sous les
galeries du Palais-Royal. Dirigé par une dernière pensée, il alla jusqu'à la rue Saint-Honoré, prit le chemin des Tuileries, et traversa
le jardin d'un pas irrésolu. Il marchait comme
au milieu d'un désert, coudoyé par des hommes qu'il ne voyait pas; n'écoutant, à travers
les clameurs populaires, qu'une seule voix,
celle de la Mort; enfin, perdu dans une en-
gourdissante méditation, semblable à celle
dont jadis étaient saisis les criminels qu'une
charrette conduisait du Palais à la Grève, vers
cet échafaud, rouge de tout le sang versé depuis 1793.

Il y a je ne sais quoi de grand et d'épouvantable dans le suicide. Dans la vie, les chutes
d'une multitude de gens sont sans danger
comme celles des enfans qui tombent de trop
bas pour se blesser; mais quand un homme
se brise, il doit venir de bien haut, s'être
élevé dans les cieux, avoir entrevu quelque
paradis inaccessible. Implacables doivent être
les ouragans qui nous forcent à demander la
paix de l'âme à la bouche d'un pistolet.

Que de jeunes talens s'étiolent confinés

dans une mansarde, y périssent faute d'un
ami, faute d'une femme consolatrice , au sein
d'un million d'êtres, en présence d'une foule
lassée d'or et qui s'ennuie...

A cette pensée, le suicide prend des proportions gigantesques.

Entre une mort volontaire et la féconde espérance dont la voix appelle un jeune homme
à Paris, Dieu seul sait combien il y a de chefs-
d'œuvre avortés; de conceptions de poésie
dépensées; de désespoir, de cris étouffés; de
vaines tentatives!... Chaque suicide est un
poëme sublime de mélancolie. Où trouverez-
vous, dans l'océan des littératures, un livre
surnageant qui puisse lutter de génie avec ces
trois lignes?

*Hier, à quatre heures, une jeune femme
s'est jetée dans la Seine du haut du Pont-des-
Arts.*

Devant ce laconisme parisien, les drames,
les romans, tout pâlit, même ce vieux frontis-
pice :

*Les lamentations du glorieux roi de Kaër-
navan, mis en prison par ses enfans...*

Dernier fragment d'un livre perdu, dont la

seule lecture faisait pleurer ce Sterne, qui lui-
même délaissait sa femme et ses enfans.

L'inconnu fut assailli par mille pensées
semblables qui passaient en lambeaux dans
son âme comme des drapeaux déchirés volti-
gent au milieu d'une bataille. — Puis, il dé-
posait pendant un moment le fardeau de son
intelligence et de ses souvenirs, pour s'arrêter
devant quelques fleurs dont il admirait les
têtes mollement balancées par la brise parmi
les massifs de verdure.

Et, saisi par une convulsion de la vie qui
regimbait encore sous la pesante idée du suicide, il levait les yeux au ciel; mais des nuages
gris, des bouffées de vent chargées de tristesse, une atmosphère lourde lui conseillaient
de mourir...

Alors, il s'achemina vers le Pont-Royal en
songeant aux dernières fantaisies de ses pré-
décesseurs... Il souriait en se rappelant que
lord Castelreagh avait satisfait le plus humble
de nos besoins avant de se couper la gorge,
et que M. Auger l'académicien avait été chercher sa tabatière pour priser tout en marchant
à la mort...

Il analysait ces bizarreries et s'interrogeait

lui-même, quand, en se serrant contre le parapet du pont, pour laisser passer un fort de
la halle, celui-ci lui ayant légèrement blanchi
la manche de son habit, il se surprit à en se-
couer soigneusement la poussière.

Arrivé au point culminant de la voûte, il
regarda l'eau d'un air sinistre.

— Mauvais temps pour se noyer!... lui dit
en riant une vieille femme vêtue de haillons.
Est-elle sale et froide, la Seine!...

Il répondit par un sourire plein de naïveté,
qui attestait le délire de son courage; mais il
frissonna tout à coup en voyant de loin, sur
le port des Tuileries, la baraque surmontée
d'un écriteau où ces paroles sont tracées en
lettres hautes d'un pied :

SECOURS AUX ASPHYXIÉS...

M. Dacheux lui apparut armé de sa philan-
tropie officielle, réveillant et faisant mouvoir
ces vertueux avirons qui cassent la tête aux
noyés, quand malheureusement ils remontent
sur l'eau. Il l'aperçut ameutant les curieux,
quêtant un médecin, apprêtant des fumiga-
tions... Il lut les doléances des journalistes

écrites entre les joies d'un festin et le sourire
d'une danseuse. Il entendit sonner les écus
comptés à des bateliers pour sa tête, par le
préfet de la Seine... Mort, il valait cinquante
francs; mais, vivant, il n'était qu'un homme
de talent, sans protecteurs, sans amis, sans
Paillasse, sans tambour, un véritable zéro social, dont l'état n'avait nul souci...

Alors, une mort en plein jour lui paraissant
ignoble, il résolut de mourir pendant la nuit,
afin de livrer un cadavre indéchiffrable à la
Société qui méconnaissait l'utilité de sa vie.
Continuant donc son chemin, il se dirigea
vers le quai Voltaire, en prenant la démarche
indolente d'un désœuvré qui veut tuer le
temps.

Quand il descendit les marches qui termi-
nent le trottoir du pont, à l'angle du quai,
son attention fut excitée par les bouquins
dont le parapet est toujours garni... Peu s'en
fallut qu'il n'en marchandât quelques-uns...

Il se prit à sourire; et, glissant alors philosophiquement ses mains dans ses goussets,
il allait reprendre son allure d'insouciance et
de dédain, quand il entendit avec surprise
quelques pièces retentissant d'une manière

véritablement fantastique dans le fond de sa poche....

Un sourire d'espérance illumina son visage, en se glissant de ses lèvres, dans ses traits et sur son front; il fit briller de joie ses yeux et ses joues sombres. Cette étincelle de bonheur ressemblait à ces feux qui courent dans les vestiges d'un papier déjà consumé par la flamme; mais le visage eut le sort des cendres noires : il redevint triste quand l'inconnu, ayant vivement retiré la main de son gousset, aperçut trois gros sous...

— Ah! mon bon Monsieur, *la carita!* la *carita!...* — *catarina!* — Un petit sou pour avoir du pain...

Un jeune ramoneur dont la figure bouffie était noire, le corps brun de suie, les vêtemens déguenillés, tendit la main à cet homme pour lui arracher ses derniers sous. A deux pas du petit Savoyard, un vieux pauvre honteux, maladif, souffreteux, ignoblement vêtu d'une tapisserie trouée, lui dit d'une grosse voix sourde :

— Monsieur, donnez-moi *ce que vous voulez*, je prierai Dieu pour vous...

Mais quand l'homme jeune eut regardé le

vieillard, celui-ci se tut, et ne demanda
plus rien, reconnaissant peut-être, sur ce visage funèbre, la livrée d'une misère plus âpre
que la sienne.

— *La carita! la carita!...*

L'inconnu jeta sa monnaie à l'enfant et au
vieux pauvre, en quittant le trottoir pour aller vers les maisons...

Il ne pouvait plus supporter le poignant aspect de la Seine.

— Nous prierons Dieu pour la conservation de vos jours!... lui dirent les deux mendians.

En arrivant à l'étalage d'un marchand d'es-
tampes, cet homme presque mort rencontra
une jeune femme. Elle descendait de son brillant équipage, et sa robe, légèrement relevée
par le marche-pied, laissa voir une jambe
dont un bas blanc et bien tiré dessina le fin
contour. Alors il contempla délicieusement
cette charmante personne dont la figure était
d'une beauté enivrante, et artistement enca-
drée dans le satin d'un chapeau gracieux....
puis, il fut séduit par une taille svelte, par de
jolis mouvemens. La jeune femme entra dans
le magasin, y marchanda des album, des col-

lections de lithographies... Elle en acheta pour plusieurs pièces d'or qui étincelèrent en sonnant sur le comptoir...

Le jeune homme, en apparence occupé sur le seuil de la porte à regarder des gravures exposées dans la montre, échangea capricieusement avec la belle inconnue l'œillade la plus perçante que puisse lancer un homme, contre un de ces coups d'œil insoucians jetés au hasard sur la foule... Et c'était, de sa part, un adieu à l'amour, à la femme!... Cette dernière et puissante interrogation ne fut même pas comprise, ne remua pas ce cœur de femme frivole; ne la fit pas rougir; ne lui fit pas baisser les yeux... Qu'était-ce pour elle?... Une admiration de plus, un désir excité dont elle triompherait, le soir, en disant : — J'étais jolie aujourd'hui.

Le jeune homme passa vivement à un autre cadre et ne se retourna point quand la jolie dame remonta dans sa voiture. Les chevaux partirent avec une vitesse aristocratique... Et cette dernière image du luxe, de l'élégance, flamba devant lui, rapide comme sa vie.

Alors il marcha d'un pas mélancolique le long des magasins, en examinant, sans beau-

coup d'intérêt, tout ce qui s'y trouvait étalé...
Puis, quand les boutiques lui manquèrent, il
contempla le Louvre, l'Institut, les tours de
Notre-Dame, celles du Palais, le Pont des
Arts. Ces monumens paraissaient prendre une
physionomie triste en reflétant les teintes grises
du ciel dont les rares clartés prêtaient un air
menaçant à Paris, qui, pareil à une jolie femme,
est soumis à d'inexplicables caprices de laideur et de beauté. Ainsi, la nature elle-même
conspirait à le plonger dans une extase douloureuse.

En proie à cette puissance malfaisante dont
nous éprouvons tous, en certains jours de
notre vie, l'action dissolvante, il sentait son
organisme arriver insensiblement aux phénomènes de la fluidité. Les tourmentes de cette
agonie lui imprimaient un mouvement semblable à celui des vagues, et lui faisaient voir
les bâtimens, les hommes à travers un brouillard, où tout ondoyait. Voulant se soustraire
aux titillations morales que produisaient, sur
son âme, les réactions de la nature physique,
il se dirigea vers un magasin d'antiquités dans
l'intention de donner une pâture à ses sens et
d'y attendre la nuit en marchandant des ob-

jets d'art. C'était, pour ainsi dire, quêter du
courage et demander un cordial, comme les
criminels qui se défient de leurs forces en allant à l'échafaud.

IV.

La conscience qu'il avait d'une mort prochaine rendit, pour un moment, au jeune
homme toute l'assurance d'une duchesse qui
a deux amans. Aussi entra-t-il chez le marchand de curiosités d'un air dégagé, laissant
voir sur ses lèvres un sourire fixe comme celui d'un ivrogne. N'était-il pas ivre de la vie

ou peut-être de la mort? Donc, l'inconnu retomba bientôt dans ses vertiges et continua
d'apercevoir les choses sous d'étranges couleurs, ou animées d'un léger mouvement dont
le principe était sans doute dans une irrégulière circulation de son sang, tantôt bouillon-
nant, tantôt tranquille et fade comme de l'eau
tiède...

Il demanda simplement à visiter les magasins, pour chercher s'ils ne renfermeraient
pas quelques singularités à sa convenance.
Alors, un jeune garçon à figure fraîche et jouf-
flue, à chevelure rousse, et coiffé d'une cas-
quette de loutre, commit la garde de la boutique à une vieille paysanne, espèce de *Cali-
ban* femelle, occupée à nettoyer un poêle
dont les merveilles étaient dues au génie de
Bernard de Palissy. Puis, il dit à l'étranger
d'un air insouciant :

— Voyez, Monsieur, voyez!... Nous n'a-
vons en bas que des choses assez ordinaires;
mais si vous voulez prendre la peine de mon-
ter au premier étage, je pourrai vous montrer
de fort belles momies du Caire, plusieurs po-
teries incrustées, quelques ébènes sculptés,

vraie renaissance, récemment arrivés et qui
sont de toute beauté...

Dans l'horrible situation où se trouvait l'inconnu, ce babil de cicérone, ces phrases sottement mercantiles furent, pour lui, comme
les taquineries mesquines par lesquelles les
esprits étroits assassinent un homme de génie... Portant sa croix jusqu'au dernier pas, il
parut écouter son conducteur, et lui répondit par gestes ou par monosyllabes.

Mais, insensiblement, il sut conquérir le
droit d'être silencieux, et put se livrer, sans
contrainte, à ses dernières méditations. Elles
furent gigantesques, terribles; car il était
poëte, et son âme rencontra, par hasard, une
immense pâture : il devait voir, par avance,
les ossemens de vingt mondes.

Au premier coup d'œil les magasins lui of-
frirent un tableau confus, dans lequel toutes
les œuvres humaines se heurtaient. Des croco-
diles, des singes, des boas empaillés souriaient
à des vitraux d'église, semblaient vouloir mordre des bustes, courir après des laques, grim-
per sur des lustres...

Un vase de Sèvres où madame Jacquotot
avait peint Napoléon, se trouvait auprès d'un

I.   6

sphynx dédié à Sésostris... Le commencement du monde et les événemens d'hier se mariaient avec une grotesque bonhomie. Un tournebroche était posé sur un ostensoir, un sabre républicain sur une hacquebute du moyen âge.

Madame Dubarry, peinte au pastel par Latour, une étoile sur la tête, nue et dans un nuage, paraissait contempler avec concupiscence une chibouque indienne, en cherchant à deviner l'utilité des spirales qui serpentaient vers elle.

Les instrumens de mort, poignards, pistolets curieux, armes à secret, étaient jetés pêle-mêle avec des instrumens de vie, soupières en porcelaine, assiettes de Saxe, tasses orientales venues de Chine, drageoirs féodaux. Un vaisseau d'ivoire voguait à pleines voiles sur le dos d'une immobile tortue... Une machine pneumatique éborgnait l'empereur Auguste, qui ne s'en fâchait pas.

Plusieurs portraits d'échevins français, de bourguemestres hollandais, insensibles, comme pendant leur vie, s'élevaient au dessus de ce chaos d'antiquités, en y lançant un regard pâle et froid.

Tous les pays de la terre semblaient avoir apporté là un débris de leurs sciences, un échantillon de leurs arts. C'était une espèce de fumier philosophique auquel rien ne manquait, ni le calumet du sauvage, ni la pantoufle vert et or du sérail, ni le yatagan du Maure, ni l'idole des Tartares. Il y avait jusqu'à la blague à tabac du soldat, jusqu'au ciboire aux hosties du prêtre, jusqu'aux plumes d'un trône. Ces monstrueux tableaux encore étaient assujettis à mille accidens de lumière, par la bizarrerie d'une multitude de reflets dus à la confusion des nuances, à la brusque opposition des jours et des ténèbres. L'oreille croyait entendre des cris interrompus; l'esprit, saisir des drames inachevés; l'œil, apercevoir des lueurs mal étouffées.

Enfin une poussière obstinée imprimait des expressions capricieuses à tous ces objets dont les angles multipliés et les sinuosités nombreuses produisaient les effets les plus pittoresques.

L'inconnu compara d'abord ces trois salles gorgées de civilisation, de cultes, de divinités, de chefs-d'œuvre, de royautés, de débauches, de raison et de folie, à un miroir plein de facettes dont chacune représentait un monde.

Après cette impression brumeuse, il voulut choisir ses jouissances; mais à force de regarder, de penser, de rêver, il se mit sous la puissance d'une fièvre due peut-être à la faim qui rugissait dans ses entrailles.

La vue de tant d'existences nationales ou individuelles, attestées par des gages humains qui leur survivaient, acheva d'engourdir les sens du jeune homme. Le désir qui l'avait poussé dans le magasin fut exaucé. Il sortit de la vie réelle, monta par degrés vers un monde idéal, et tomba dans une indéfinissable extase.

L'univers lui apparut par bribes et en traits de feu, comme l'avenir passa jadis flamboyant aux yeux de saint Jean dans Pathmos.

Une multitude de figures endolories, gracieuses, terribles, lucides, lointaines, rapprochées, se leva par masses, par myriades, par générations...

L'Egypte, raide, mystérieuse, se dressa de ses sables, représentée par une momie qu'enveloppaient des bandelettes noires. Les Pharaons, ensevelissant des générations pour

construire une tombe... Moïse, les Hébreux,
le désert... Il entrevit tout un monde antique
et solennel.

Fraîche et suave, une statue de marbre,
assise sur une colonne torse et rayonnant de
blancheur, lui parla des mythes voluptueux
de la Grèce et de l'Ionie...

Et, qui n'aurait souri, comme lui, de voir
sur un fond brun la jeune fille rouge dansant
dans la fine argile d'un vase étrusque devant
le dieu Priape et le saluant d'un air joyeux...
Puis en regard, une reine latine caressait sa
Chimère avec amour... Les caprices de la
Rome impériale respiraient là, tout entiers,
et révélaient le bain, la couche, la toilette
d'une Julie indolente, songeuse, attendant
son Tibulle.

Puis, armée du pouvoir des talismans ara-
bes, la tête de Cicéron évoquait les souvenirs
de la Rome libre et déroulait les pages de
Tite-Live : le jeune homme contemplait *Se-
natus Populus Que Romanus*..... Alors, le
consul, ses licteurs, les toges bordées de
pourpre, les luttes du Forum, le peuple
courroucé défilaient lentement devant lui
comme les vaporeuses figures d'un rêve...

Enfin, la Rome chrétienne dominait ces images. Une peinture ouvrait les cieux. Il voyait la vierge Marie plongée dans un nuage d'or, au sein des anges, éclipsant la gloire du soleil, écoutant les plaintes des malheureux ; et cette suprême consolatrice lui souriait d'un air doux.

Mais, en touchant une mosaïque faite avec les différentes laves du Vésuve et de l'Etna, son âme s'élançait dans la chaude et fauve Italie ! Il assistait aux orgies de Borgia, courait dans les Abruzzes, aspirait aux amours italiennes, se passionnait pour les blancs visages aux longs yeux noirs...

Il frémissait des dénouemens nocturnes interrompus par la froide épée d'un mari, en apercevant une dague du moyen âge dont la poignée était travaillée comme une dentelle, et dont la rouille ressemblait à des taches de sang...

L'Inde et ses religions revivaient dans un magot chinois coiffé de son chapeau pointu à losanges relevées, paré de clochettes et vêtu d'or et de soie... Tout auprès, une natte, jolie comme la bayadère qui s'y était roulée, exhalait encore le sandal... Un monstre du Japon, dont les yeux restaient tordus, là bouche contournée, les membres torturés, réveillait l'âme par les inventions d'un peuple qui, fatigué du beau, toujours unitaire, trouve d'ineffables plaisirs dans la fécondité des laideurs...

Une salière sortie des ateliers de Benvenuto Cellini le reportait au sein de la cour de France, au temps où les arts et la licence fleurirent, où les souverains se divertissaient à des supplices, où les conciles couchés dans les bras des courtisanes, décrétaient la chasteté des prêtres...

Il vit les conquêtes d'Alexandre sur un camée; les massacres de Pizarre dans une arquebuse à mèche; les guerres de religion échevelées, cruelles, bouillantes, au fond d'un casque; puis, les riantes images de la chevalerie sourdirent d'une armure de Milan supérieurement damasquinée, bien fourbie, et sous la visière de laquelle brillaient encore les yeux d'un paladin...

Cet océan de meubles, d'inventions, de modes, d'œuvres, de ruines, lui composait un poëme sans fin. Formes, couleurs, pensées, tout revivait là; mais rien de complet ne s'offrait à l'âme. Le poëte devait achever les

croquis du grand peintre qui avait fait cette
immense palette, où les inombrables accidens
de la vie humaine étaient jetés à profusion,
avec dédain.

Après s'être emparé du monde, après avoir
contemplé des pays, des âges, des règnes, le
jeune homme revint à des existences individuelles; il se repersonnifia, s'emparant des
détails et repoussant la vie des nations comme
trop puissante pour un seul homme...

Là, dormait un enfant en cire provenant
du cabinet de Ruysch, et cette ravissante
créature lui rappelait toutes les joies délicieuses de sa jeunesse...

Au prestigieux aspect du pagne virginal
de quelque jeune fille d'Otahiti, sa brûlante
imagination lui peignait la vie simple de la
nature, la chaste nudité de la vraie pudeur, les
délices de la paresse si naturelle à l'homme,
toute une destinée calme au bord d'un ruis-
seau frais et rêveur, sous un bananier, qui,
sans culture, dispensait une manne savou-
reuse.

Mais tout à coup il devenait corsaire, et
revêtait la terrible poésie empreinte dans le
rôle de Lara, vivement inspiré par les cou-

leurs nacrées de mille coquillages, exalté
par la vue de quelques madrépores qui sen-
taient le varech, les algues et les ouragans
atlantiques.

Admirant plus loin les délicates miniatures,
les arabesques d'azur et d'or, dont un missel,
un manuscrit précieux étaient enrichis, il
oubliait les tumultes de la mer; et, mollement
balancé par une pensée de paix, il épousait de
nouveau l'étude et la science, souhaitant la
grasse vie des moines, exempte de chagrins,
exempte de plaisirs, se couchant au fond d'une
cellule, d'où il contemplait les prairies, les
bois, les vignobles de son monastère.

Devant quelques Teniers, endossant la ca-
saque d'un soldat, la misère d'un ouvrier, ou
le bonnet sale et enfumé des Flamands, il s'eni-
vrait de bière, jouait aux cartes avec eux,
souriant à une grosse paysanne fraîche, et d'un
attrayant embonpoint...

Il grelottait, en voyant une tombée de
neige de Mieris; se battait, en regardant un
combat de Salvator-Rosa; puis, en caressant
un tomhawk d'Illinois, il sentait le scalpel d'un
Chérokée qui lui enlevait la peau du crâne...
Enfin, émerveillé à l'aspect d'un rebec, il le

confiait à la main d'une châtelaine, dont il
écoutait la romance mélodieuse, à laquelle il
déclarait son amour, le soir, auprès d'une cheminée gothique, dans l'ombre, et recueillait
d'elle un regard de consentement.

Il s'accrochait à toutes les joies, saisissait
toutes les douleurs, s'emparait de toutes les
formules d'existence; éparpillant si généreusement sa vie et ses sentimens sur les simula-
cres de cette nature plastique et vide, que le
bruit de ses pas retentissait dans son âme
comme le son lointain d'un autre monde,
comme la rumeur de Paris sur les tours de
Notre-Dame.

En montant l'escalier intérieur qui conduisait aux salles situées au premier étage, il vit
des boucliers votifs, des panoplies, des taber-
nacles sculptés, des figures en bois accrochées
aux murs, posées sur chaque marche... Il était
poursuivi par les formes les plus étranges, par
des créations merveilleuses, assises sur les
frontières de la mort et de la vie. Il marchait
dans les enchantemens d'un songe; et, dou-
tant de son existence, il était, comme ces objets curieux, ni tout-à-fait mort, ni tout-à-fait
vivant.

Quand il entra dans les nouveaux magasins, le jour commençait à pâlir ; mais la lumière semblait inutile aux richesses resplendissantes d'or et d'argent qui s'y trouvaient entassées.

Les plus coûteux caprices de dissipateurs morts sous des mansardes après avoir possédé plusieurs millions, étaient là !..... C'était le bazar des folies humaines. Une écritoire payée jadis cent mille francs, et rachetée pour cent sous, gisait auprès d'une serrure à secret dont le prix de fabrication aurait suffi à la rançon d'un roi.

Là, le génie humain apparaissait dans toutes les pompes de sa misère, dans toute la gloire de ses petitesses gigantesques. Une table d'ébène, véritable idole d'artiste, sculptée d'après les dessins de Jean Goujon, et qui coûta jadis plusieurs années de travail, avait été peut-être acquise au prix du bois à brûler... Des coffrets précieux, des meubles faits par la main des fées, y étaient dédaigneusement entassés.

— Il y a des millions ici !... s'écria le jeune homme en arrivant à la pièce qui terminait une immense enfilade d'appartemens dorés et sculptés par des artistes du siècle dernier.

— Dites des milliards!... reprit le gros garçon joufflu... Mais ce n'est rien encore!...
Montez au troisième étage, et vous verrez!...

L'inconnu, suivant son conducteur, par-
vint à une quatrième galerie, où successive-
ment passèrent, devant ses yeux fatigués,
plusieurs tableaux du Poussin; une sublime
statue de Michel-Ange; quelques ravissans
paysages de Claude Lorrain; un Gérard
Dow, qui ressemblait à une page de Sterne;
et des Rembrandt, des Murillo, sombrés et
colorés comme un poëme de lord Biron; puis,
des bas-reliefs antiques, des coupes d'agates,
des onyx merveilleux; enfin, c'étaient des
travaux à dégoûter du travail, des chefs-
d'œuvre accumulés... à faire prendre en haine
les arts et à tuer l'enthousiasme.

Il arriva devant une vierge de Raphaël;
mais il était lassé de Raphaël.

Une figure du Corrège qui voulait un regard, ne l'obtint même pas... Un vase inesti-
mable, en porphyre antique, et dont les scul-
ptures circulaires représentaient, de toutes les
priapées romaines, la plus grotesquement licencieuse, délices de quelque Corinne, eut à
peine un sourire.

Il étouffait sous les débris de cinquante siècles évanouis; il était malade de toutes ces pensées humaines; assassiné par le luxe et les arts; oppressé sous ces formes renaissantes qui, pareilles à des monstres enfantés sous ses pieds par quelque malin génie, lui livraient un combat sans fin.

Semblable, en ses caprices, à la chimie moderne qui résume la création par un sel; l'âme humaine, puissante Locuste, se compose des poisons terribles par la concentration de ses jouissances, de ses forces ou de ses idées; et, beaucoup d'hommes périssent ainsi, victimes de quelque acide moral qu'ils se sont eux-mêmes distillé sur le cœur.

— Que contient cette boîte?... demanda-t-il en arrivant à un grand cabinet, dernier monceau de gloire, d'efforts humains, d'originalités, de richesses. Et il montra du doigt une grande caisse carrée, construite en acajou, suspendue à un clou par une chaîne d'argent.

— Ah! monsieur en a la clef..., dit le gros garçon avec un air de mystère... Si vous désirez voir ce portrait, je me hasarderai volontiers à le prévenir...

— Vous hasarder !... reprit le jeune homme; votre maître est-il un prince?...

— Mais..... je ne sais pas..... répondit le garçon.

Ils se regardèrent pendant un moment aussi étonnés l'un que l'autre.

Interprétant le silence de l'inconnu comme un souhait, son guide le laissa seul dans la cabinet.....

V.

Vous êtes - vous jamais lancé dans l'immensité de l'espace, en lisant les œuvres géologiques de M. Cuvier? Avez-vous jamais ainsi plané sur l'abîme sans bornes du passé, comme soutenu par la main d'un enchanteur?

En découvrant de tranche en tranche, de

couche en couche, sous les carrières de
Montmartre ou dans les schistes de l'Oural,
ces animaux dont les dépouilles fossilisées
appartiennent à des civilisations antédilu-
viennes, l'âme est effrayée d'entrevoir des
milliards d'années, des millions de peuples
dont la faible mémoire humaine, dont la
puissante tradition divine n'ont pas tenu
compte, et dont la cendre, poussée à la surface de notre globe, y forme les deux pieds
de terre qui nous donnent du pain et des
fleurs.

M. Cuvier n'est-il pas le plus grand poëte
de notre siècle?... Lord Byron a bien reproduit par des mots quelques agitations morales ; mais notre immortel naturaliste a re-
construit des mondes avec des os blanchis, a
rebâti, comme Cadmus, des cités avec des
dents, a repeuplé mille forêts de tous les
mystères de la zoologie avec quelques frag-
mens de houille, a retrouvé des populations
de géans dans le pied d'un mammouth.....
Ces figures se dressent, grandissent et meu-
blent les anciens jours évanouis. Il est poëte
avec des chiffres, sublime en posant un zéro
près d'un sept. Il réveille le néant sans pro-

noncer des paroles grandement magiques. Il fouille une parcelle de gypse, y aperçoit une empreinte, et vous crie :

— Voyez !... Alors il déroule des mondes, animalise les marbres, vivifie la mort et fait arriver ce genre humain, si bruyamment insolent, après d'innombrables dynasties de créatures gigantesques, après des races de poissons ou de mollusques.....

Et c'est vous qu'il institue poëtes !... vous, hommes chétifs, nés d'hier ; mais dont le retrospectif peut composer des poëmes sans limites, espèces d'Apocalypses rétrogrades.

Alors, en présence de cette épouvantable résurrection due à la voix d'un seul homme, la miette dont nous sommes usufruitiers dans cet infini sans nom, commun à toutes les sphères, et que nous avons nommé LE TEMPS, cette minute de vie nous fait pitié. Alors, nous nous demandons, écrasés que nous sommes sous tant d'univers inconnus et en ruines, à quoi bon nos gloires, nos haines, nos amours ?... Et si, pour devenir un point intangible dans l'avenir, la peine de vivre doit s'accepter ?... Déracinés du présent, nous som-

mes morts jusqu'à ce que notre valet de chambre entre et vienne nous dire :

— Monsieur, Madame la comtesse a ré-
pondu qu'elle vous attendrait ce soir...

Les merveilles dont l'aspect venait de présenter au jeune homme toute la création con-
nue, mit dans son âme l'abattement que produit chez le philosophe la vue scientifique
des créations inconnues.

Souhaitant plus vivement que jamais de
mourir, il tomba sur une chaise curule, en
laissant errer ses regards à travers les fantas-
magories de ce panorama du passé. Alors, les
tableaux s'illuminèrent, les têtes de vierge lui
sourirent, et les statues se colorèrent d'une
vie trompeuse. A la faveur de l'ombre, et mises en danse par la fiévreuse tourmente qui
fermentait dans son cerveau brisé, toutes ces
œuvres s'agitèrent et tourbillonnèrent devant
lui. Chaque magot lui lança une grimace. Les
yeux des personnages représentés dans les tableaux, remuèrent en pétillant. Chacune de
ces formes frémit, sautilla, se détacha de sa
place, gravement, légèrement, avec grâce ou
brusquerie selon ses mœurs, son caractère et
sa contexture. Ce fut un mystérieux sabbat

digne des fantaisies entrevues par le docteur Faust sur le *Brocken.*

Mais, ces phénomènes d'optique enfantés, soit par la fatigue ou par la tension des forces oculaires, soit par les caprices du crépuscule, ne pouvaient effrayer l'inconnu. Les terreurs de la vie étaient impuissantes sur une âme familiarisée avec les terreurs de la mort. Il favorisa même, par une sorte de complicité railleuse, les bizarreries de ce galvanisme moral, dont les prodiges s'accouplaient aux dernières pensées à la faveur desquelles il évoquait sa triste existence...

Le silence régnait autour de lui, si profond, que, bientôt, il s'aventura dans une douce rêverie, dont les impressions, graduellement noires, suivirent, de nuance en nuance et comme par magie, les lentes dégradations de la lumière.

Une lueur prête à quitter le ciel ayant fait reluire un dernier reflet rouge en luttant contre la nuit, il leva la tête et vit un squelette à peine éclairé qui, le montrant du doigt, pencha dubitativement le crâne de droite à gauche, comme pour lui dire :

—Les morts ne veulent pas encore de toi!...

En passant la main sur son front, pour
chasser le sommeil, le jeune homme sentit
distinctement un vent frais produit par je ne
sais quoi de velu qui lui effleura les joues... Il
frissonna. Mais, les vitres ayant retenti d'un
claquement sourd, il pensa que cette caresse
froide et digne des mystères de la tombe lui
avait été faite par quelque chauve-souris.

Pendant un moment encore, les vagues reflets du couchant lui permirent d'apercevoir
indistinctement les fantômes dont il était entouré. Puis, toute cette nature morte s'abolit
dans une même teinte noire.

La nuit, l'heure de mourir étaient subitement venues...

Il se passa, dès ce moment, un certain laps
de temps, pendant lequel il n'eut aucune per-
ception claire des choses terrestres, soit qu'il
se fût enseveli dans une rêverie plus profonde, soit qu'il eût cédé à la somnolence pro-
voquée par ses fatigues et par la multitude des
pensées qui lui déchiraient le cœur.

Mais, tout à coup, il crut avoir été appelé
par une voix terrible et tressaillit comme lorsque nous sommes précipités dans un abîme
par quelque brûlant cauchemar. Il ferma les

yeux, ébloui par les rayons d'une vive lumière...

Il vit briller au sein des ténèbres une sphère rougeâtre dont le centre était occupé par un petit vieillard qui se tenait debout et dirigeait sur son visage la clarté d'une lampe. Il ne l'avait entendu ni venir, ni parler, ni se mouvoir...

Cette apparition eut quelque chose de magique. L'homme le plus intrépide, surpris ainsi dans son sommeil, aurait sans doute tremblé devant ce personnage extraordinaire qui semblait être sorti d'un sarcophage voisin.

La singulière jeunesse qui animait les yeux immobiles de cette espèce de fantôme empêchait l'inconnu de croire à des effets surnaturels. Néanmoins, pendant le rapide intervalle qui sépara sa vie somnambulique de sa vie réelle, il demeura dans le doute philosophique recommandé par Descartes, et fut alors, malgré lui, sous la puissance de ces inexplicables hallucinations, dont notre fierté repousse les mystères ou que notre science impuissante tâche en vain d'analyser...

VI.

Figurez-vous un petit vieillard sec et maigre, vêtu d'une robe en velours noir, serrée autour de ses reins par un gros cordon de soie. Sa tête était couverte d'une calotte en velours également noir, qui laissait passer, de chaque côté de la figure, les ondoyantes nappes d'une longue chevelure d'argent. La robe ensevelissant le corps comme dans un vaste lin-

ceul, et la coiffure étant appliquée sur le crâne
de manière à encadrer le front, ne permettait
de voir qu'une étroite figure blanche. Sans le
bras décharné, qui ressemblait à un bâton sur
lequel on aurait posé une étoffe, et que le
vieillard tenait en l'air pour faire porter sur le
jeune homme toute la clarté de la lampe, ce
visage aurait paru suspendu dans les airs....
Une barbe blanche et taillée en pointe cachait
le menton de cet être bizarre, et lui donnait
l'apparence de ces têtes judaïques qui servent
de types aux artistes quand ils veulent représenter Moïse.

Les lèvres de cet homme étaient si pâles et
si minces qu'il fallait une attention particulière pour deviner la ligne étroite tracée par
sa bouche dans ce pâle visage. Son large front
ridé, ses joues blêmes et creuses, la rigueur
implacable de ses petits yeux verts, dénués de
cils et de sourcils, pouvaient faire croire à
l'inconnu que le *peseur d'or* de Gérard Dow
était sorti de son cadre... Une finesse incroyable, trahie par les sinuosités de ses rides, par
les plis circulaires dessinés sur ses tempes,
accusait une science profonde des choses de
la vie.

Il était impossible de tromper cet homme qui semblait avoir le don de surprendre les pensées au fond des cœurs les plus discrets. Les mœurs de toutes les nations du globe et leurs sagesses, se résumaient sur sa face froide, comme les productions du monde entier se trouvaient accumulées dans ses magasins poudreux. Vous y lisiez une incroyable conscience de force et la tranquillité lucide d'un dieu qui voit tout, ou d'un homme qui a tout vu. Un peintre aurait, avec deux expressions différentes et en deux coups de pinceau, fait de cette figure, soit une belle image du Père Éternel, soit le masque ricaneur de Méphistophélès; car il y avait tout ensemble une suprême puissance dans le front et de sinistres railleries sur la bouche.

En broyant les chagrins et les peines humaines sous un pouvoir immense, cet homme devait avoir tué les joies terrestres. L'on frémissait en pressentant que ce vieux génie habitait une sphère étrangère au monde et où il vivait seul, sans jouissances, parce qu'il n'avait plus d'illusions; sans douleur, parce qu'il ne connaissait plus de plaisirs.

Il se tenait debout, immobile, inébran-

lable comme une étoile au milieu d'un nuage
de lumière... Ses yeux verts, pleins de je ne
sais quelle malice calme, semblaient éclairer
le monde moral comme sa lampe illuminait ce
cabinet mystérieux...

Tel fut le spectacle étrange qui surprit le
jeune homme au moment où il ouvrit les
yeux, après avoir été bercé par des pensées
de mort et de fantastiques images.

S'il demeura comme étourdi, s'il se laissa
momentanément dominer par une croyance
digne d'enfans qui écoutent les contes de leur
nourrice, il faut attribuer cette erreur au
voile étendu sur sa vie et son entendement
par ses méditations, à l'agacement de ses nerfs
irrités, au drame violent dont les scènes venaient de lui prodiguer les atroces délices con-
tenues dans un morceau d'opium...

Cette vision avait lieu dans Paris, sur le quai
Voltaire, au dix-neuvième siècle, temps et
lieux où la magie devait être impossible...

Voisin de la maison où le dieu de l'incrédulité française avait expiré, disciple de Gay-
Lussac et d'Arago, contempteur des tours de
gobelets, l'inconnu n'obéissait sans doute
qu'aux fascinations poétiques dont il avait

accepté les prestiges et auxquelles nous nous
prêtons souvent comme pour fuir de désespé-
rantes vérités, comme pour tenter la puissance de Dieu...

Il trembla donc devant cette lumière et ce
vieillard, agité par l'inexplicable pressenti-
ment de quelque pouvoir étrange; mais cette
émotion précordiale était semblable à celle
que nous avons tous éprouvée devant Napoléon, ou en présence de quelque grand homme
revêtu de gloire et brillant de génie.

VII.

— Monsieur désire voir le portrait de Jésus-Christ peint par Raphaël?... lui dit courtoisement le vieillard d'une voix dont la sonorité claire et brève avait quelque chose de métallique.

Et il posa la lampe sur le fût d'une colonne brisée, de manière à ce que la boîte brune en reçût toute la clarté.

Aux noms puissans de Jésus-Christ et de Raphaël, un geste de curiosité, sans doute attendu par le vieillard, échappa au jeune homme. Le marchand d'antiquités fit jouer un ressort; et, tout à coup, le panneau d'acajou, glissant dans une rainure, tomba sans bruit et livra la peinture à l'admiration de l'inconnu.

A l'aspect de cette immortelle création, il oublia tout, même les fantaisies du magasin et les caprices de son sommeil. Il redevint homme, reconnut dans le vieillard une créature de chair, bien vivante, point fantasmagorique, et revécut dans le monde réel.

La tendre sollicitude, la sérénité douce du visage divin influèrent aussitôt sur lui. Un parfum épanché des cieux dissipa les tortures infernales qui lui brûlaient la moelle des os. La tête du Sauveur des hommes paraissait sortir des ténèbres que figuraient un fond noir... Une auréole de rayons étincelait vivement autour de sa chevelure d'où cette lumière voulait sortir. Sous le front, sous les chairs, il y avait une éloquente conviction qui s'échappait de chaque trait par de pénétrantes effluves... Les lèvres vermeilles ve-

naient de faire entendre la parole de vie, et
le spectateur en cherchait le retentissement
sacré dans les airs, il en demandait les ravissantes paraboles au silence, il l'écoutait dans
l'avenir, la retrouvait dans les enseignemens
du passé... Enfin l'Évangile était tout entier
traduit par la simplicité calme de ces adorables yeux où l'âme troublée se réfugiait,
où toute la religion se lisait en une seule
expression magnifique et suave qui semblait
répéter :

— *Aimez-vous les uns les autres !*

Cette peinture inspirait une prière, com-
mandait le pardon, tuait l'égoïsme, réveillait
la charité... Le triomphe de Raphaël était
complet, car on oubliait le peintre; et, partageant le privilége des enchantemens de la musique, son œuvre vous jetait sous le charme
puissant des souvenirs... Le prestige de la lumière agissait encore sur cette merveille; et,
par momens, il semblait que la tête s'élevait
dans un lointain magique, au sein de quelque
nuage.

— J'ai couvert cette toile de pièces d'or à
un pied de hauteur!... dit froidement le marchand.

— Eh bien! il va falloir mourir!... s'écria le jeune homme qui sortait d'une rêverie dont la dernière pensée l'avait ramené vers sa fatale destinée, en le faisant descendre, par d'insensibles déductions, d'une dernière espérance à laquelle il s'était attaché...

— Ah! ah! j'avais donc raison de me méfier de toi!... répondit le vieillard en saisissant les deux mains du jeune homme et les serrant par les poignets dans l'une des siennes comme dans un étau de fer.

L'inconnu sourit tristement de cette méprise, et dit d'une voix douce :

— Hé, Monsieur, ne craignez rien! Il s'agit de ma vie et non de la vôtre...

— Pourquoi n'avouerai-je pas une innocente supercherie? reprit-il après avoir regardé le vieillard inquiet... En attendant la nuit afin de pouvoir me noyer sans esclandre, je suis venu voir vos richesses. Qui ne pardonnerait ce dernier plaisir à un homme de science et de poésie?...

Le soupçonneux vieillard examinait d'un œil sagace le visage morne de son faux chaland pendant qu'il parlait; et, rassuré par l'accent de cette voix douloureuse, ou lisant peut-être, dans ces traits décolorés, les sinistres destinées dont avaient naguère frémi les joueurs, il lâcha les mains qu'il tenait si vigoureusement. Mais, par un reste de suspicion qui révélait une expérience au moins centenaire, il étendit nonchalamment le bras vers un buffet comme pour s'appuyer, et dit en y prenant un stylet :

— Etes-vous depuis trois ans surnuméraire au trésor, sans y avoir touché de gratification?...

L'inconnu ne put s'empêcher de sourire en faisant un geste négatif.

— Votre père vous a-t-il trop vivement reproché d'être venu au monde?... ou bien êtes-vous déshonoré?...

— Si je voulais me déshonorer... je vivrais.

— Avez-vous été sifflé aux Funambules?... ou vous trouvez-vous obligé de composer des flons flons pour payer le convoi de votre maîtresse?... n'auriez-vous pas plutôt la maladie de l'or?... voulez-vous détrôner l'ennui?... enfin quelle erreur vous engage à mourir?...

— Ne cherchez pas le principe de ma mort dans les raisons vulgaires qui commandent la plupart des suicides... Pour me dispenser de vous dévoiler des souffrances inouïes et qu'il est difficile d'exprimer en langage humain, je vous dirai que je suis dans la plus profonde, la plus ignoble, la plus perçante de toutes les misères...

— Et, ajouta-t-il d'un ton de voix dont la fierté sauvage démentait ses paroles précédentes, je ne veux mendier ni secours ni consolations...

— Eh! eh!... répondit le vieillard.

Ces deux syllabes ressemblèrent au cri d'une crecelle.

— Sans que je vous console, sans que vous m'imploriez, sans avoir à rougir, reprit le marchand, et sans que je vous donne :

Un centime de France,
Un parat du Levant,
Un tarain de Sicile,
Un heller d'Allemagne,

Une seule des sersterces ou des oboles de l'ancien monde ni une piastre du nouveau;

Sans vous donner quoi que ce soit, en
Or,
Argent,
Billon,

Papier,

Billet,

Je veux vous faire plus riche, plus puissant et plus considéré qu'un roi constitutionnel... Eh! eh!..

Le jeune homme resta comme engourdi, croyant le vieillard en enfance.

— Retournez-vous... dit le marchand saisissant tout à coup la lampe pour en diriger la lumière sur le mur qui faisait face au portrait.

Puis, il ajouta:

— Regardez cette *Peau de Chagrin!...*

I.   8

VIII.

Le jeune homme se leva brusquement et témoigna quelque surprise en apercevant un phénomène assez extraordinaire.

Accroché sur le mur à un clou précisément au dessus du siége où il s'était assis, un morceau de *chagrin*, dont la dimension n'excé-

dait pas celle d'une peau de renard, paraissait
projeter des rayons lumineux... Au sein de la
profonde obscurité qui régnait dans le magasin, vous eussiez dit d'une petite comète...

Le jeune incrédule s'approcha de ce talisman si puissant contre le malheur en s'en
moquant par une phrase mentale; mais animé,
cependant, d'une curiosité bien légitime, il se
pencha pour le regarder alternativement sous
toutes les faces; et alors, il découvrit bientôt
une cause naturelle à cette lucidité singulière.
Les grains noir du chagrin étaient si soigneusement polis et si merveilleusement brunis,
les rayures capricieuses en étaient si propres
et si nettes que, pareilles à des facettes de
grenat, les aspérités de ce cuir oriental simu-
laient autant de petits foyers qui réfléchis-
saient vivement la lumière.

Il démontra mathématiquement la raison
de ce phénomène au vieillard qui, pour toute
réponse, sourit avec malice.

Ce sourire de supériorité fit croire au jeune
savant qu'il était dupe en ce moment de quelque charlatanisme; et, ne voulant pas empor-
ter une énigme de plus dans la tombe, il retourna promptement la peau comme un enfant

pressé de connaître les innocens secrets de
quelque nouveau jouet.

— Ah ! ah ! s'écria-t-il, voici l'empreinte du
sceau que les Orientaux nomment *le cachet
de Salomon...*

— Vous le connaissez donc?... demanda le
marchand de curiosités, dont les narines laissèrent passer deux ou trois bouffées d'air qui
peignirent plus d'idées que les plus énergiques
paroles.

— Y a-t-il au monde un homme assez simple pour croire à l'existence de cette chimère !... s'écria le jeune homme piqué d'entendre
ce rire muet et plein d'amères dérisions.

— Ne savez-vous pas, ajouta-t-il, que les
superstitions de l'Orient ont consacré la forme
mystique et les caractères mensongers de cet
emblème qui représente une puissance fabuleuse?... Je ne dois pas, dans cette circonstance,
être plus taxé de niaiserie que si je parlais
des Sphinx ou des Griffons, dont l'existence est
en quelque sorte scientifique...

— Puisque vous êtes un orientaliste, reprit
le vieillard, peut-être lirez-vous cette sentence...

Apportant alors la lampe près du talisman

que le jeune homme tenait à l'envers, il lui fit
apercevoir des caractères incrustés dans le
tissu cellulaire de cette peau merveilleuse,
comme s'ils eussent été produits par l'animal
auquel elle avait jadis appartenu.

— J'avoue, s'écria l'inconnu, que je ne devine guère le procédé dont on se sera servi
pour graver si profondément ces lettres sur la
peau d'un onagre...

Et, se retournant avec vivacité vers les tables chargées de curiosités, ses yeux errans
parurent y chercher quelque chose.

— Que voulez-vous?... demanda le vieillard.

— Un instrument pour trancher le chagrin
afin de voir si les lettres y sont empreintes ou
incrustées...

Le vieillard lui présenta le stylet. Il le prit
et tenta d'entamer la peau à l'endroit où les
paroles se trouvaient écrites; mais quand il
eut enlevé une légère couche du cuir, les lettres y reparurent si nettes et si conformes à
celles imprimées sur la surface, qu'il crut,
pendant un moment, n'en avoir rien ôté.

— L'industrie du Levant a des secrets qui
lui sont réellement particuliers! dit-il en re-

gardant la sentence orientale avec une sorte
d'inquiétude.

— Oui!... répondit le vieillard, il vaut
mieux s'en prendre aux hommes qu'à Dieu!

Les paroles mystérieuses étaient disposées
de la manière suivante :

SI TU ME POSSÈDES TU POSSÉDERAS TOUT.
MAIS TA VIE M'APPARTIENDRA. DIEU L'A
VOULU AINSI. DÉSIRE, ET TES DÉSIRS
SERONT ACCOMPLIS. MAIS RÈGLE
TES SOUHAITS SUR TA VIE.
ELLE EST LA. A CHAQUE
VOULOIR JE DÉCROITRAI
COMME TES JOURS.
ME VEUX - TU ?
PRENDS. DIEU
T'EXAUCERA.
— SOIT !

— Ah! vous lisez couramment le sanscrit?...
dit le vieillard. Peut-être avez-vous voyagé
dans le Bengale, en Perse?...

— Non, Monsieur, répondit le jeune homme
en tâtant avec curiosité cette peau symbolique, assez semblable à une feuille de métal par
son peu de flexibilité.

Le vieux marchand remit la lampe sur la colonne où il l'avait prise, en lançant au jeune homme un regard empreint d'une froide ironie qui semblait dire :

— Il ne pense déjà plus à mourir!...

IX.

Est-ce une plaisanterie ou un mystère?...
demanda le jeune inconnu.

Le vieillard hocha la tête et dit gravement :

— Je ne saurais vous répondre. Mais, j'ai
offert le terrible pouvoir dont ce talisman est
investi, à des hommes doués de plus d'énergie
que vous ne paraissez en avoir ; et, tout en

se moquant de la problématique influence qu'il devait exercer sur leurs destinées futures, aucun n'a voulu se risquer à signer ce contrat fatal si curieusement proposé par je ne sais quelle puissance. Je pense comme eux; comme eux, j'ai douté, je me suis abstenu, et...

— Et vous n'avez pas même essayé?... dit le jeune homme.

— Essayer !... reprit le vieillard. Si vous étiez sur la colonne de la place Vendôme, essayeriez-vous de vous jeter dans les airs?... Peut-on arrêter le cours de la vie? L'homme a-t-il jamais pu scinder la mort?

Avant d'entrer dans ce cabinet, vous aviez résolu de périr par un suicide... Mais, tout à coup, un secret vous occupe, et vous distrait de mourir!... Enfant!... Chacun de vos jours ne vous offrira-t-il pas une énigme plus intéressante que celle-ci?...

— Ecoutez-moi...

J'ai vu la cour licencieuse du régent... Alors, comme vous, j'étais dans la misère : j'ai mendié mon pain. Néanmoins j'ai atteint l'âge de cent deux ans, et suis devenu millionnaire..... Le malheur m'a donné la fortune, et l'ignorance m'a instruit.

Je vais vous révéler en peu de mots un grand mystère de la vie humaine.

L'homme s'épuise par deux actes instinctivement accomplis qui tarissent les sources de son existence. Deux verbes expriment toutes les formes que prennent ces deux causes de mort : VOULOIR et POUVOIR.

Entre ces deux termes de l'action humaine, il est une autre formule dont s'emparent les sages, et c'est à elle que je dois le bonheur et la longévité. *Vouloir* nous brûle et *Pouvoir* nous détruit; mais SAVOIR laisse notre faible organisation dans un perpétuel état de calme. Ainsi, le désir ou le vouloir est mort en moi, tué par la pensée; et le mouvement ou le pouvoir s'est résolu par le jeu naturel de mes organes. En deux mots, j'ai placé ma vie, non dans le cœur qui se brise, non dans les sens qui s'émoussent, mais dans le cerveau qui ne s'use pas et survit à tout.

Aussi, rien d'excessif n'a froissé ni mon âme ni mon corps. Cependant, j'ai vu le monde entier. Mes pieds ont foulé les plus hautes montagnes de l'Asie et de l'Amérique. J'ai ap-

pris tous les langages humains et j'ai vécu sous
tous les régimes. J'ai prêté mon argent à un
Chinois en prenant pour gage le corps de son
père; j'ai dormi sous la tente de l'Arabe sur
la foi de sa parole; j'ai signé des contrats dans
les capitales européennes, et j'ai laissé mon
or, sans crainte, dans le wigham des sauvages.
J'ai tout obtenu parce que j'ai tout su dédai-
gner. Ma seule ambition a été de voir; car
voir, c'est savoir! Oh! savoir, jeune homme,
n'est-ce pas jouir intuitivement? N'est-ce pas
découvrir la substance même du fait et s'en
emparer essentiellement? Que reste-t-il d'une
possession matérielle?... Rien qu'une idée. Jugez alors combien doit être belle la vie d'un
homme qui, pouvant empreindre toutes les
réalités dans sa pensée, transporte en son
âme les sources du bonheur, en extrait mille
voluptés idéales, dépouillées des souillures
terrestres. La pensée est la clef de tous les trésors. Elle procure les plaisirs de l'avare sans
en donner les soucis... Ainsi, ai-je plané sur
le monde, où mes plaisirs ont toujours été des
jouissances intellectuelles. Mes débauches
étaient la contemplation des mers, des peuples, des forêts, des montagnes!... J'ai tout vu;

mais sans fatigue, tranquillement : je n'ai jamais rien désiré, j'ai tout attendu. Je me suis promené dans l'univers comme dans le jardin d'une habitation qui m'appartenait...

Ce que les hommes appellent chagrins, amours, ambition, revers, tristesse, sont pour moi des idées que je change en rêveries. Au lieu de les sentir, je les exprime, je les traduis ; et, au lieu de leur laisser dévorer ma vie, je les dramatise, je les développe, je m'en amuse comme de romans que je lirais par une vision intérieure... N'ayant point forcé mes organes, je jouis encore d'une santé robuste ; et mon âme, ayant hérité de toute la force dont je n'abusais pas, cette tête est encore mieux meublée que mes magasins...

— Là !..... dit-il en se frappant le front, là sont les millions. Je passe des journées délicieuses en jetant un regard intelligent dans le passé. J'évoque des pays entiers, des sites, des vues de l'Océan, des figures ravissantes ! J'ai un sérail imaginaire où je possède toutes les femmes que je n'ai pas eues... Je revois souvent vos guerres, vos révolutions... Je les juge !... Oh ! comment préférer de fébriles, de légères admirations pour quelques chairs plus ou moins colorées, pour des formes plus ou moins rondes, comment préférer tous les désastres de vos volontés trompées, à la faculté sublime de faire comparaître en soi l'univers même, au plaisir immense de se mouvoir sans être garotté par les liens du temps et de l'espace, de tout embrasser, de tout voir, de se pencher sur le bord du monde pour interroger les autres sphères, pour écouter Dieu!...

— Ceci!..... dit-il d'une voix éclatante en montrant la peau de chagrin, est le *pouvoir* et le *vouloir* réunis!... Ce sont vos désirs excessifs, vos intempérances, vos joies qui tuent, vos douleurs qui font trop vivre!... Car le mal n'est peut-être qu'un violent plaisir. Qui sait à quel point la volupté devient un mal et celui où le mal est encore la volupté?... Les plus vives lumières du monde idéal caressent la vue, tandis que les plus douces ténèbres du monde physique la blessent. Sagesse ne vient-elle pas de savoir?... Et qu'est-ce que la folie?... sinon l'excès d'un vouloir ou d'un pouvoir...

— Eh bien, oui!... je veux savoir... dit l'inconnu en saisissant *la peau de chagrin.*

— Jeune homme!... s'écria le vieillard avec une incroyable vivacité.

— J'avais résolu ma vie par l'étude et la pensée, mais elles ne m'ont pas nourri... Je ne veux pas être la dupe d'une prédication digne de Swendenborg, et de votre amulette orientale, ou plutôt, Monsieur, des charitables efforts que vous faites pour me retenir dans un monde où mon existence est impossible.

— Voyons?... ajouta-t-il en serrant le talisman d'une main convulsive et regardant le vieillard. Je veux un dîner royalement splendide, quelque bacchanale digne du siècle où tout s'est, dit-on, perfectionné!..... Que mes convives soient jeunes, spirituels et sans préjugés, joyeux jusqu'à la folie!... Que les vins se succèdent toujours plus capricieux, plus pétillans et soient de force à nous enivrer pour trois jours. Que la nuit soit parée de femmes ravissantes! Enfin, je veux voir la Débauche en délire, rugissante, et dans son char tiré par quatre chevaux, dont l'ardeur nous entraîne par delà les bornes du monde et nous verse sur des plages inconnues..... Que les âmes montent dans les cieux ou se plongent dans la boue, je ne sais si, alors, elles s'élèvent ou s'abaissent... Peu m'importe! Mais je commande à ce pouvoir sinistre de me fondre toutes les joies dans une joie, car j'ai besoin d'embrasser les plaisirs du ciel et de la terre dans une dernière étreinte pour en mourir... Aussi, souhaité-je et des priapées antiques après boire, et des chants à réveiller les morts, et de triples baisers, des baisers sans fin, dont le bruit passe sur Paris comme un craquement d'incendie, y réveille les époux et leur inspire une ardeur cuisante qui rajeunisse même les septuagénaires!...

Un éclat de rire, parti de la bouche du petit vieillard, retentit comme un bruissement de l'enfer...

Le jeune homme interdit s'arrêta.

— Croyez-vous par hasard, dit le marchand, que mes planchers vont s'ouvrir tout à coup pour donner passage à des tables somptueusement servies, à des convives de l'autre monde?... Non, non, jeune étourdi... Vous avez signé le pacte!...

Tout est dit.

Maintenant vos volontés seront scrupuleusement satisfaites; mais aux dépens de votre vie. Le cercle de vos jours, figuré par cette peau, se resserrera suivant la force et le nombre de vos souhaits, depuis le plus léger jusqu'au plus puissant!...

Le brachmane auquel je dois ce talisman m'a jadis expliqué qu'il s'opérerait un mystérieux accord entre les destinées et les souhaits du possesseur... Votre premier désir est vulgaire et je pourrais le réaliser; mais j'en laisse le soin aux événemens de votre nouvelle vie... Après tout, vous vouliez mourir?... Hé bien! votre suicide n'est que retardé...

L'inconnu, surpris et presque irrité de se voir toujours plaisanté par ce singulier vieillard dont l'intention demi-philantropique lui parut clairement démontrée dans cette dernière raillerie, s'écria :

— Je verrai bien, Monsieur, si ma fortune changera pendant le temps que je mettrai à franchir la largeur du quai... Ou plutôt, pour savoir si vous ne vous moquez pas d'un malheureux, je désire que vous tombiez amoureux d'une danseuse; et, que pour elle, vous deveniez prodigue de tous les biens que vous avez si philosophiquement ménagés!...

A ces mots, il sortit sans entendre un grand soupir, poussé peut-être par le vieillard. Il traversa les salles, descendit les escaliers de

cette maison , suivi par le gros garçon joufflu
qui tâcha vainement de l'éclairer; car il courait avec la prestesse d'un voleur pris en fla-
grant délit...

Aveuglé par une sorte de délire, il ne s'a-
perçut même pas de l'incroyable ductilité de
la peau de chagrin, qui, devenue souple
comme un gant, se roula sous ses doigts fré-
nétiques, et put entrer dans la poche de son
habit, où il la mit presque machinalement.

Z.

En s'élançant de la porte du magasin sur la chaussée du quai, l'inconnu heurta trois jeunes gens qui se tenaient bras dessus bras dessous.

— Animal!...

— Imbécile!...

Telles furent les gracieuses interpellations qu'ils échangèrent.

— Eh ! c'est Raphaël !...

— Ah bien ! nous te cherchions !...

— Quoi ! c'est vous...

Ces trois phrases amicales succédèrent à l'injure, aussitôt que la clarté d'un réverbère balancé par le vent frappa les visages de ce groupe étonné.

— Mon cher ami, dit à Raphaël le jeune homme qu'il avait failli renverser, tu vas venir avec nous...

— De quoi s'agit-il donc ?...

— Viens toujours, je te conterai l'affaire en marchant !...

Et de force ou de bonne volonté, Raphaël fut entouré de ses amis qui, l'ayant enchaîné par les bras dans leur joyeuse bande, l'entraînèrent vers le Pont-des-Arts.

— Mon cher, dit l'orateur en continuant, nous sommes à ta poursuite depuis une semaine environ... A ton respectable hôtel Saint-Quentin, dont nous avons, par parenthèse, admiré l'enseigne inamovible en lettres toujours alternativement noires et rouges comme au temps de J.-J. Rousseau, ta Léonarde nous a dit que tu étais parti pour la campagne au mois de juin. Cependant, nous n'avions certes

pas l'air de gens à argent, huissiers, créanciers, gardes du commerce, etc... N'importe !
Rastignac t'ayant aperçu la veille aux Bouffons, nous avons repris courage, et mis de
l'amour-propre à savoir si tu perchais sur les
arbres des Champs-Élysées ; si tu allais coucher pour deux sous dans ces maisons philan-
tropiques où les mendians dorment appuyés
sur des cordes tendues ; ou si, enfin, plus heureux, ton bivouac n'était pas établi dans quelque boudoir...

Nous ne t'avons rencontré nulle part, ni sur
les écrous de Sainte-Pélagie, ni sur ceux de
la Force ! Les ministères, l'Opéra, les maisons
conventuelles, cafés, bibliothèques, listes de
préfets, bureaux de journalistes, restaurans,
foyers de théâtre, bref, tout ce qu'il y a dans
Paris de bons et de mauvais endroits, ayant
été savamment explorés, nous gémissions sur
la perte d'un homme doué d'assez de génie
pour se faire également chercher à la cour et
dans les prisons... Nous parlions de te canoni-
ser comme une noble victime de juillet... et,
nous te regrettions...

En ce moment, Raphaël passait avec ses
amis sur le Pont-des-Arts ; et, sans les écouter,

il regardait la Seine, dont les eaux mugissan-
tes répétaient les lumières de Paris. Il était
au dessus de ce fleuve dans lequel il voulait
se précipiter naguères; et, selon les prédic-
tions du vieillard, l'heure de sa mort se trouvait fatalement retardée...

— Et, nous te regrettions... d'honneur!...
dit son ami poursuivant toujours; car il s'agit
d'une combinaison dans laquelle nous te com-
prenions en ta qualité d'homme supérieur,
c'est-à-dire d'homme qui sait se mettre au
dessus de tout.

— L'escamotage de la muscade constitu-
tionnelle sous le gobelet royal se fait aujour-
d'hui, mon cher, plus gravement que jamais.
L'infâme Monarchie renversée par l'héroïsme
populaire était une femme de mauvaise vie
avec laquelle on pouvait rire et banqueter;
mais la Patrie est une épouse acariâtre et vertueuse, dont il nous faut accepter, bon gré,
mal gré, les caresses compassées... Or donc,
le pouvoir s'est transporté, comme tu sais,
des Tuileries chez les journalistes, de même
que le budget a changé de quartier, en passant du faubourg Saint-Germain à la Chaus-
sée-d'Antin.

— Mais , voici ce que tu ne sais peut-être
pas ! Le gouvernement, c'est-à-dire l'aristo-
cratie de banquiers et d'avocats, qui font de la
patrie comme les prêtres faisaient jadis de la
monarchie, a senti la nécessité de mystifier
avec des mots et de nouvelles idées, le
bon peuple de France à l'instar des hommes
d'état de l'absolutisme. Il s'agit donc de nous
inculquer une opinion nationale, de nous
prouver qu'il est bien plus heureux de payer
douze cents millions trente-trois centimes à la
patrie représentée par messieurs tels et tels,
que onze cents millions neuf centimes à un roi
qui disait *moi* au lieu de dire *nous*. En un
mot, il s'est fondé un journal, armé de deux
ou trois cents bons mille francs, dont le but
est de faire une opposition qui contente les
mécontens, sans nuire au gouvernement na-
tional du roi-citoyen !...

Or, comme nous nous moquons de la liberté
autant que du despotisme, de la religion aussi
bien que de l'incrédulité; que, pour nous, la
patrie est une capitale où toutes les idées s'é-
changent, où tous les jours amènent de suc-
culens dîners, de nombreux spectacles où
fourmillent de licencieuses prostituées, des

soupers qui ne finissent que le lendemain, des amours qui vont à l'heure comme les citadines; et que Paris sera toujours la plus adorable de toutes les patries!... la patrie de la joie, de la liberté, de l'esprit, des jolies femmes, des mauvais sujets et du bon vin; que le pouvoir ne s'y fera jamais trop sentir...

Nous, véritables sectateurs du dieu Méphistophélès,

Avons entrepris de badigeonner l'esprit public, de rhabiller les acteurs, de clouer de nouvelles planches à la baraque gouvernementale, de médicamenter les jeunes doctrines, de recuire les vieux républicains, de réchampir les bonapartistes et de ravitailler les centres, pourvu qu'il nous soit permis de rire, *in petto*, des rois et des peuples, de ne pas être toujours de notre opinion, et de passer une joyeuse vie à la Panurge ou *more orientali*, couchés sur de moelleux coussins...

Or, comme nous te destinions les rênes de cet empire macaronique et burlesque, nous t'emmenons de ce pas au dîner donné par les fondateurs dudit journal...

Tu y seras accueilli comme un frère, et nous t'y saluerons roi de ces esprits frondeurs

que rien n'épouvante et dont la perspicacité
découvre les intentions de l'Autriche, de l'Angleterre ou de la Russie, avant que la Russie,
l'Angleterre ou l'Autriche n'aient des intentions !... Oui, nous t'instituerons le souverain
de ces puissances intelligentes qui fournissent
au monde les Mirabeau, les Talleyrand, les
Pitt, les Metternich, tous ces hardis *Crispins*
enfin qui jouent entre eux les destinées d'un
empire comme les hommes vulgaires jouent
leur *kirche* aux dominos... Nous t'avons donné
pour le plus intrépide compagnon qui jamais
ait étreint corps à corps la Débauche, ce
monstre admirable avec lequel veulent lutter
tous les esprits forts ! Nous avons même af-
firmé qu'il ne t'a pas encore vaincu. J'espère
que tu ne feras pas mentir nos éloges. L'amphitryon nous a promis de surpasser les
étroites saturnales de nos petits Lucullus modernes... Il est assez riche pour mettre de la
grandeur dans les petitesses, de l'élégance et
de la grâce dans le vice...

— Entends-tu, Raphaël? lui demanda l'orateur en s'interrompant.

— Oui!... répondit le jeune homme moins
étonné de l'accomplissement de ses souhaits

que surpris de la manière simple et naturelle dont les événemens s'enchaînaient. Quoiqu'il lui fût impossible de croire à une influence magique, il admirait les hasards de la destinée humaine.

— Mais tu nous dis oui!... comme si tu pensais à la mort de ton grand'père... lui répliqua l'un de ses voisins.

— Ah! reprit Raphaël avec un accent de naïveté qui fit rire ces écrivains, l'espoir de la jeune France, je pensais, mes amis, que nous voilà près de devenir de bien grands coquins... Jusqu'à présent nous avons faits de l'impiété entre deux vins; nous avons pesé la vie étant ivres; nous avons prisé les hommes et les choses en digérant; vierges du fait, nous étions hardis en paroles; mais maintenant, marqués par le fer chaud de la politique, nous allons entrer dans le grand bagne, et y perdre nos illusions... Or, quand on ne croit plus qu'au diable, il est permis de regretter le paradis de la jeunesse, le temps d'innocence où nous tendions dévotieusement la langue à un bon prêtre, pour recevoir le sacré corps de notre Seigneur Jésus-Christ... Ah! mes bons amis, si nous avons eu tant de plaisir à com-

mettre nos premiers péchés, c'est que nous
avions des remords pour les embellir et leur
donner du piquant, de la saveur; tandis que
maintenant...

— Oh! maintenant, reprit le premier interlocuteur, il nous reste...

— Quoi?... dit un autre...

— Le crime...

— Ah! c'est un mot cela! mais il a toute la
hauteur d'une potence et toute la profondeur
de la Seine!... répliqua Raphaël.

— Oh! tu ne m'entends pas..... Je parle des
crimes politiques..... Je n'envie, depuis ce matin, qu'une existence..... celle des conspira-
teurs... Demain, je ne sais si ma fantaisie du-
rera toujours, mais ce soir, la vie pâle de notre
civilisation, unie comme la rainure d'un chemin de fer, fait bondir mon cœur de dégoût! Je
suis épris de passion pour les malheurs de la
déroute de Moscou, pour les émotions du *Corsaire rouge* et l'existence des contrebandiers.
Puisqu'il n'y a plus de Chartreux en France,
je voudrais au moins un Botany-bay, une
espèce d'infirmerie destinée aux petits lord
Byron, qui, après avoir chiffonné la vie
comme une serviette après dîner, n'ont plus

rien à faire qu'à incendier leur pays, se
brûler la cervelle, vouloir la république ou la
guerre...

— Émile, dit avec feu le voisin de Raphaël à l'interlocuteur, foi d'homme, sans la
révolution de juillet, je me faisais prêtre pour
aller mener une vie animale au fond de quelque
campagne, et...

— Et tu aurais lu le bréviaire tous les
jours ?...

— Oui...

— Tu es un fat.

— Nous lisons bien les journaux ?...

— Pas mal, pour un journaliste... Mais tais-
toi, nous marchons au milieu d'une masse
d'abonnés. Le journalisme, vois-tu ?... c'est la
religion des sociétés modernes, et il y a progrès, car les prêtres ne sont pas tenus de
croire, ni le peuple non plus...

En devisant ainsi, comme de braves gens
qui savaient le *De Viris illustribus*, depuis
longues années, ils arrivèrent à un hôtel de la
rue Joubert.

XI.

Émile était un auteur qui avait conquis plus de gloire dans ses chutes que les autres n'en recueillent de leurs succès. Hardi dans ses compositions, plein de verve et de mordant, il possédait toutes les qualités que comportaient ses défauts: il était franc, rieur, et disait en face une épigramme à un ami, qu'absent, il défendait avec courage et loyauté. Il se moquait de tout, même de son avenir; et, toujours dépourvu d'argent, il restait comme tous les hommes de quelque portée, plongé dans une inexprimable paresse, jetant un livre dans un mot au nez de gens qui ne savaient pas mettre un mot dans leurs livres. Prodigue de promesses qu'il ne réalisait jamais, il s'était fait de sa fortune et de sa gloire un coussin pour dormir, courant ainsi la chance de se réveiller vieux à l'hôpital. Du reste, ami jusqu'à l'échafaud, fanfaron de cynisme et simple comme un enfant, travaillant par boutade ou par nécessité.

— Nous allons faire, suivant l'expression de maître Alcofribas, un fameux *tronçon de chère lie!*... dit-il à Raphaël en lui montrant les caisses de fleurs qui embaumaient et verdissaient les escaliers.

— Oh! que j'aime les porches bien chauffés, et dont les tapis sont riches!... répondit Raphaël. Le luxe dès le péristyle est rare en France... Ici, je me sens renaître...

— Et là haut nous allons boire et rire encore une fois, mon pauvre Raphaël...

— Ah çà! reprit-il, j'espère que nous serons les vainqueurs et que nous marcherons sur toutes ces têtes-là!...

Et, d'un geste moqueur, il lui montra les convives, en entrant dans un salon resplendissant de luxe et de lumière.

Ils furent aussitôt accueillis par les jeunes gens les plus remarquables de Paris.

L'un venait de révéler un talent neuf, et de rivaliser, par son premier tableau, avec les gloires de la peinture impériale.

L'autre avait hasardé, la veille, un livre plein de verdeur, empreint d'une sorte de dédain littéraire et qui découvrait de nouvelles routes à l'école moderne.

Plus loin, un statuaire dont la figure pleine de rudesse accusait quelque vigoureux génie, causait avec un de ces froids railleurs qui, tantôt, ne veulent voir de supériorités nulle part, et tantôt en reconnaissent partout.

Ici, le plus spirituel de nos caricaturistes à l'œil malin, à la bouche mordante, guettait les épigrammes pour les traduire à coups de crayon.

Là, ce jeune et audacieux écrivain, qui, mieux que personne, distillait la quintescence des pensées politiques, ou, dans un article, condensait, en se jouant, l'esprit d'un écrivain fécond, s'entretenait avec ce poëte dont les écrits écraseraient toutes les œuvres du temps présent, si son talent avait la puissance de sa haine. Tous deux essayaient de ne pas dire la vérité, de ne pas mentir, en s'adressant de douces flatteries.

Un musicien célèbre consolait en *si bémol* et d'une voix moqueuse un jeune homme politique récemment tombé de la tribune sans se faire aucun mal.

De jeunes auteurs sans style étaient auprès de jeunes auteurs sans idées, des prosateurs pleins de poésie, près de poëtes prosaïques ; et, voyant ces êtres incomplets, un pauvre saint-simonien, assez naïf pour croire à sa doctrine, les accouplait avec charité, voulant sans doute les transformer en religieux de son ordre.

Enfin, il y avait deux ou trois de ces savans, destinés à mettre de l'azote dans la conversation, et plusieurs vaudevillistes prêts à y jeter de ces lueurs éphémères, qui, semblables aux étincelles du diamant, ne donnent ni chaleur ni lumière...

Quelques hommes à paradoxes, riant sous

c'est une mansarde, un habit rapé, un chapeau gris en hiver et des dettes chez le portier... Ah! je veux vivre au sein de ce luxe un
an, six mois, n'importe..... et puis après.....
mourir. J'aurai du moins épuisé, connu, dévoré mille existences.

— Oh! oh!... lui dit Emile, qui l'écoutait,
tu prends le coupé d'un agent de change pour
le bonheur... Va, tu serais bientôt ennuyé de
la fortune en t'apercevant qu'elle te ravirait la
chance d'être un homme supérieur..... Entre
les pauvretés de la richesse et les richesses de
la pauvreté, l'artiste a-t-il jamais hésité... Il
nous faut des luttes, à nous autres... Aussi,
prépare ton estomac!... Vois!...

Et il lui montra, par un geste héroïque, le
majestueux, le trois fois saint, évangélique et
rassurant aspect que présentait la salle à manger du benoît capitaliste.

— Cet homme-là, reprit-il, ne s'est vraiment donné la peine d'amasser son argent que
pour nous... N'est-ce pas une espèce d'éponge
oubliée par les naturalistes dans l'ordre des
polypiers, et qu'il s'agit de presser avec délicatesse, avant de la laisser sucer par des héritiers? Ne trouves-tu pas du style aux bas-re-

liefs qui décorent les murs? Et les lustres, et
les tableaux, quel luxe bien entendu! S'il faut
croire les envieux et ceux qui tiennent à voir
les ressorts de la vie, cet homme aurait tué,
pendant la révolution, je ne sais quelle vieille
dame asthmatique, un petit orphelin scrofu-
leux et quelque autre personne. Peux-tu donner place à des crimes sous les cheveux gri-
sonnans de notre vénérable amphitryon?...
Il a l'air d'un bien bon homme... Vois donc
comme l'argenterie étincelle?... Et chacun de
ces rayons brillans serait un coup de poignard... Allons donc! autant vaudrait croire
en Mahomet. Si le public avait raison, voici
trente hommes de cœur et de talent qui s'ap-
prêteraient à manger les entrailles, à boire le
sang d'une famille!... Et nous deux, jeunes
gens pleins de candeur, d'enthousiasme, nous
serions complices du forfait!... J'ai envie de
demander à notre capitaliste s'il est honnête
homme.

— Non pas maintenant! s'écria Raphaël.
Quand il sera ivre-mort, — nous aurons
dîné.

Et les deux amis s'assirent en riant.

XII.

D'ABORD, chaque personne contempla pendant un temps encore plus court que la parole destinée à l'exprimer, le coup d'œil offert
par une longue table, blanche comme une
couche de neige fraîchement tombée, et sur
laquelle s'élevaient symétriquement les couverts couronnés de petits pains blonds. Les

cristaux répétaient les couleurs de l'iris dans
leurs reflets étoilés ; les bougies traçaient des
feux croisés à l'infini ; et, les mets placés sous
des dômes d'argent, aiguisaient l'appétit et la
curiosité. Les paroles furent assez rares. Les
voisins se regardèrent. Le vin de Madère cir-
cula.

Puis, le premier service apparut dans toute
sa gloire. Il aurait fait honneur à feu Camba-
cérès, et Brillat-Savarin l'eût célébré. Les
vins de Bordeaux, de Bourgogne, blancs,
rouges, furent servis avec une profusion
royale. Cette première partie du festin était
comparable, en tout point, à l'exposition
d'une tragédie classique.

Le second acte devint quelque peu bavard.
Chaque convive avait bu raisonablement en
changeant de crûs suivant ses caprices, de
sorte qu'au moment où l'on emporta les restes
de ce magnifique service, de tempestueuses
discussions s'étaient établies. Quelques fronts
pâles rougissaient, plusieurs nez commen-
çaient à s'empourprer, les visages s'allumaient,
les yeux pétillaient. C'était l'aurore de l'ivresse.
Le discours ne sortait pas encore des bornes
de la civilité ; mais les railleries, les bons

mots s'échappaient peu à peu de toutes les
bouches, et la calomnie élevait même tout
doucement sa petite tête et parlait d'une voix
flûtée. Çà et là, quelques sournois écoutaient
attentivement, espérant garder leur raison.

Le second service trouva donc les esprits
tout-à-fait échauffés. Chacun mangea en parlant, parla en mangeant, but sans prendre
garde à l'affluence des liquides, tant ils étaient
lampans et parfumés, tant l'exemple était
contagieux... L'amphitryon, se piquant d'a-
nimer ses convives, fit avancer les vins du
Rhône, de vieux Roussillons capiteux; et,
alors, déchaînés comme les chevaux d'une
malle-poste partant d'un relais, ces hommes
fouettés par les piquantes flèches du vin de
Champagne impatiemment attendu, mais
abondamment versé, laissèrent galoper leur
esprit dans le vide de ces raisonnemens que
personne n'écoute, se mirent à raconter ces
histoires qui n'ont pas d'auditeur, recommen-
cèrent cent fois ces interpellations qui restent
sans réponse... L'orgie seule déploya sa grande
voix, sa voix composée de cent clameurs confuses, qui grossissent comme les crescendo de
Rossini... Puis arrivèrent les toasts insidieux,

les forfanteries, les défis. Tous renonçaient
à se glorifier de leur capacité intellectuelle
pour revendiquer celle des tonneaux, des
foudres, des cuves. Il semblait que chacun
eût deux voix...

Un moment vint où les valets sourirent; car
alors, les maîtres parlaient tous à la fois...

Mais cette mêlée de paroles, où les paradoxes douteusement lumineux, les vérités
grotesquement habillées se heurtèrent à travers les cris, les jugemens, les niaiseries,
comme au milieu d'un combat se croisent les
boulets, les balles et la mitraille, eût sans
doute intéressé quelque philosophe par la sin-
gularité des pensées, ou surpris un politique
par la bizarrerie des systèmes. C'était tout à
la fois un livre et un tableau.

Les philosophies, les religions, les morales, si différentes d'une latitude à l'autre,
les gouvernemens, enfin tous les grands actes
de l'intelligence humaine, tombèrent sous une
faulx aussi longue que celle du Temps; et,
peut-être, eussiez-vous pu difficilement dé-
cider si elle était maniée par la Sagesse ivre,
ou par l'Ivresse devenue sage et clairvoyante.

Ces esprits emportés par une espèce de

tempête, semblaient vouloir, comme la mer
irritée contre ses falaises, ébranler toutes les
lois entre lesquelles flottent les civilisations,
satisfaisant ainsi, sans le savoir, à la volonté
de Dieu, qui laissa dans la nature le bien et
le mal, sans cesse en présence, en gardant
pour lui le secret de leur lutte perpétuelle.
Furieuse et burlesque, la discussion fut en
quelque sorte un sabbat des intelligences.
Mais entre les tristes plaisanteries, dites par
ces enfans de la révolution, et les propos des
buveurs tenus à la naissance de Pantagruel, il
y avait tout l'abîme qui sépare le dix-neuvième siècle du seizième. Celui-ci apprêtait
une destruction en riant, et le nôtre riait au
milieu des ruines...

— Comment appelez-vous le jeune homme
qui se trouve là bas ?... dit le notaire en montrant Raphaël ; j'ai cru l'entendre nommer
Valentin ?...

— Que chantez-vous avec votre Valentin
tout court !... s'écria Emile en riant. Raphaël
de Valentin !... s'il vous plaît. Nous ne sommes
pas un enfant trouvé ; mais le descendant de
l'empereur *Valens*, souche des *Valentinois*,
fondateur des villes de Valence en Espagne et

en France, héritier légitime de l'empire d'O-
rient... Si nous laissons trôner Mahmoud à
Constantinople, c'est par pure bonne volonté, faute d'argent ou de soldats...

Et il décrivit en l'air, avec sa fourchette,
une couronne au dessus de la tête de Raphaël.

Le notaire se recueillit pendant un moment; puis il se remit à boire en laissant
échapper un geste authentique, par lequel il
semblait avouer qu'il lui était impossible de
rattacher à sa clientelle les villes de Valence,
de Constantinople, Mahmoud, l'empereur
Valens et la famille des Valentinois.

— La destruction de ces fourmillières nommées Babylone, Tyr, Carthage ou Venise,
toujours écrasées sous les pieds d'un géant qui
passe, n'est-elle pas un avertissement donné
à l'homme par une puissance moqueuse?...
dit un journaliste, espèce d'esclave acheté
pour faire du Bossuet à dix sous la ligne.

— Moïse, Sylla, Louis XI, Richelieu, Robespierre et Napoléon sont peut-être un même
homme qui reparaît à travers les civilisations
comme les comètes dans le ciel!... répondit
Raphaël.

— Pourquoi sonder la Providence?... dit un fabricant de ballades.

— Allons, voilà la Providence!... s'écria le *jugeur* en l'interrompant; je ne connais rien au monde de plus élastique.

— Mais, Monsieur, Louis XIV a fait périr plus d'hommes pour creuser les aquéducs de Maintenon que la Convention pour asseoir justement l'impôt, pour mettre de l'unité dans la loi, nationaliser la France et faire également partager les héritages!... disait un jeune homme devenu républicain faute d'une syllabe devant son nom.

— Monsieur, lui répondit un propriétaire, vous qui prenez le sang pour du vin, cette fois-ci, laisserez-vous à chacun sa tête sur ses épaules?

— A quoi bon, Monsieur?... Les principes de l'ordre social ne valent-ils donc pas quelque chose?...

— Quelle horreur!... Vous n'auriez nul chagrin de tuer vos amis pour un *si...*

— Hé! Monsieur, l'homme qui a des remords est le vrai scélérat, car il a quelque idée de la vertu; tandis que Pierre-le-Grand,

Pizarre, le duc d'Albe étaient des systèmes,
et le corsaire Monbar, une organisation...

— Mais la société ne peut-elle pas se pri-
ver de vos systèmes et de vos organisations?...

— Oh! d'accord... s'écria le républicain...

— Eh! votre stupide république me donne
des nausées!... Nous ne saurions découper
tranquillement un chapon sans y trouver la
loi agraire!...

— Tes principes sont excellens, mon petit
Brutus farci de truffes!... Mais tu ressembles
à mon valet de chambre! Le drôle est si
cruellement possédé par la manie de la propreté, que si je lui laissais brosser mes habits
à sa fantaisie, j'irais tout nu...

— Vous êtes des brutes!... Vous voulez
nettoyer une nation avec des curedents!...
répliqua l'homme à la république. Selon vous
la justice serait plus dangereuse que les voleurs...

— Hé! hé!... dit un avoué.

— Sont-ils ennuyeux avec leur politique!
— Fermez la porte. — Il n'y a pas de sciences
ou de vertus qui vaillent une goutte de sang.
Si nous voulions faire la liquidation de la vérité nous la trouverions peut-être en faillite!...

— Ah! il en aurait sans doute moins coûté de nous amuser dans le mal que de nous disputer dans le bien... Aussi, je donnerais tous les discours prononcés à la tribune depuis quarante ans pour une truite, pour un conte de Perrault ou une croquade de Charlet...

— Vous avez bien raison... — Passez-moi les asperges... — Car après tout, la liberté enfante l'anarchie, l'anarchie conduit au despotisme et le despotisme ramène à la liberté. Des millions d'êtres ont péri sans avoir pu faire triompher l'une ou l'autre!... N'est-ce pas le cercle vicieux dans lequel tournera toujours le monde moral? Quand l'homme croit avoir perfectionné, il n'a fait que déplacer les choses!

— Oh! oh!... s'écria un vaudevilliste, alors, Messieurs, je porte un toast à — Charles X, père de la liberté!...

— Pourquoi pas?... dit un journaliste. Quand le despotisme est dans les lois, la liberté se trouve dans les mœurs et *vice versá*... Buvons donc à l'imbécillité du pouvoir qui nous donne tant de pouvoir sur les imbéciles!...

— Hé! mon cher, au moins Napoléon nous

a-t-il laissé de la gloire! criait un officier de
marine qui n'était pas sorti de Brest.

— Ah! la gloire!... Triste denrée! Elle se
paie cher et ne se garde pas !... Ne serait-elle
point l'égoïsme des grands hommes, comme
le bonheur est celui des sots?...

— Monsieur, vous êtes bien heureux!...

— Le premier qui inventa les fossés était
sans doute un homme faible, car la société
ne profite qu'aux gens chétifs... Placés aux
deux extrémités du monde moral, le sauvage
et le penseur ont également horreur de la *pro-
priété.*

— Joli!... s'écria le notaire, s'il n'y avait pas
de propriétés, comment pourrions-nous faire
des actes ?...

— Voilà des petits pois délicieusement fantastiques !...

— ...Et le curé fut trouvé mort dans son
lit, le lendemain.

— Qui parle de mort?... Ne badinez pas!
J'ai un oncle...

— Vous vous résigneriez sans doute à le
perdre...

— Ce n'est pas une question...

— Ecoutez-moi!... Messieurs! *Manière de*

tuer son oncle : Chut!... (Écoutez! Écoutez!) Ayez d'abord un oncle gros et gras, septuagénaire au moins, ce sont les meilleurs oncles... Faites-lui manger, sous un prétexte quelconque, un pâté de foie gras...

— Hé! mon oncle est un grand homme sec, avare et sobre...

— Ah! ces oncles-là sont des monstres qui abusent de la vie...

— La voix de la Malibran a perdu deux notes!...

— Non, Monsieur...

— Si, Monsieur.

— Oh! oh! — Oui et non. — N'est-ce pas l'histoire de toutes les dissertations religieuses, politiques et littéraires... L'homme est un bouffon qui danse sur un précipice!

— A vous entendre je suis un sot...

— Au contraire, c'est parce que vous ne m'entendez pas!...

— L'instruction!... Belle niaiserie. M. Heineffettermach porte le nombre des volumes imprimés à plus d'un milliard, et la vie d'un homme ne permet pas d'en lire cent cinquante mille!... Alors, expliquez-moi ce que signifie le mot *instruction?* Pour les uns, elle con-

siste à savoir le nom du cheval d'Alexandre,
du dogue *Bérécillo*, de Tabourot, seigneur
des Accords, et d'ignorer celui de l'homme
auquel nous devons le flottage des bois, ou
la porcelaine. Pour les autres, être instruit?...
c'est savoir brûler un testament et vivre en
honnêtes gens, aimés, considérés, au lieu de
voler une montre en récidive, avec les cir-
constances aggravantes, et d'aller mourir en
place de Grève...

— Lamartine restera!...

— Ah! Scribe, Monsieur, a bien de l'esprit...

— Et Victor Hugo?...

— C'est un grand homme!... n'en parlons
plus!...

— Vous êtes ivres!...

— La conséquence immédiate d'une con-
stitution est l'aplatissement des intelligences...
Arts, sciences, monumens, tout est dévoré
par un effroyable sentiment d'égoïsme, notre
lèpre actuelle... Vos trois cents bourgeois,
assis sur des banquettes, ne penseront qu'à
planter des peupliers... Le despotisme fait
illégalement de grandes choses, et la liberté

ne se donne même pas la peine d'en faire légalement de très-petites!...

— Votre enseignement mutuel fabrique des pièces de cent sous en chair humaine! dit un absolutiste en interrompant. Les individualités disparaissent chez un peuple nivelé par l'instruction!...

— Cependant le but de la société n'est-il pas de procurer à chacun le bien-être?... demanda le saint-simonien.

— Si vous aviez cinquante mille livres de rente, vous ne penseriez guère au peuple!... Êtes-vous épris de belle passion pour l'humanité?... Allez à Madagascar, vous y trouverez un joli petit peuple tout neuf, à saint-simoniser!... Ah! ah!

— Vous êtes un carliste!...

— Pourquoi pas?... J'aime le despotisme, il annonce un certain mépris pour la race humaine. Je ne hais pas les rois... Ils sont si amusans!... Trôner dans une chambre, à trente millions de lieues du soleil!... N'est-ce donc rien?...

— Mais résumons cette large vue de la civilisation!... disait le savant qui, pour l'instruction du sculpteur inattentif, avait entrepris une discussion sur le commencement des sociétés et sur les peuples autochtones. A l'origine des nations la force fut en quelque sorte matérielle, une, grossière... Puis, avec l'accroissement des aggrégations, les gouvernemens ont procédé par des décompositions plus ou moins habiles du pouvoir primitif. Ainsi, dans la haute antiquité, la force était dans la théocratie. Le prêtre tenait le glaive et l'encensoir. Plus tard, il y eut deux sacerdoces : le pontife et le roi. Aujourd'hui, notre société, dernier terme de la civilisation, a distribué la puissance suivant le nombre des combinaisons ; et nous sommes arrivés aux forces nommées : industrie, pensée, argent, parole... Alors le pouvoir n'ayant plus d'unité marche sans cesse vers une dissolution sociale qui n'a plus d'autre barrière que l'intérêt. Aussi, nous ne nous appuyons ni sur la religion, ni sur la force matérielle, mais sur l'intelligence... Le livre vaut-il le glaive, la discussion vaut-elle l'action?... Voilà le problème...

— L'intelligence a tout tué !... s'écria le carliste. Allez ! la liberté absolue mène les nations au suicide. — Elles s'ennuient dans le

triomphe, comme un Anglais millionnaire.
— Que nous direz-vous de neuf?... Aujour-
d'hui vous avez ridiculisé tous les pouvoirs,
et c'est même chose vulgaire que de nier
Dieu! Vous n'avez plus de croyance. Aussi le
siècle est-il comme un vieux sultan perdu de
débauche! Enfin, votre lord Byron, en dernier désespoir de poésie, a chanté les passions
du crime!...

— Savez-vous, lui répondit un médecin
complètement ivre, qu'à peine y a-t-il une
membrane de différence entre un homme de
génie et un grand criminel?...

— Peut-on traiter ainsi la vertu! s'écria le vau-
deville. La vertu, sujet de toutes les pièces
de théâtre, dénouement de tous les drames,
base de tous les tribunaux!...

— Hé! tais-toi donc, animal!... Ta vertu,
c'est Achille sans talon!...

— A boire!...

— Veux-tu parier que je bois une bouteille
de vin de Champagne d'un seul trait?

— Quel trait d'esprit!... s'écria le caricatu-
riste.

— Ils sont gris comme des charretiers! dit

un jeune homme qui donnait sérieusement à
boire à son gilet.

— Oui, Monsieur, le gouvernement actuel
est l'art de faire régner l'opinion publique....

— L'opinion, mais c'est la plus vicieuse de
toutes les prostituées..... A vous entendre,
hommes de morale et de politique, il faudrait
sans cesse préférer vos lois à la nature, l'opinion à la conscience... Allez, tout est vrai,
tout est faux ! Si la société nous a donné le
duvet des oreillers, elle a certes compensé le
bienfait par la goutte, comme elle a mis la
procédure pour tempérer la justice, et les
rhumes à la suite des cachemires...

— Monstre ! dit Emile en interrompant le
misantrope, comment peux-tu médire de la
civilisation en présence de tant de vins, de
mets, et à table jusqu'au menton !... Mords ce
chevreuil aux pieds et aux cornes dorées ;
mais ne mords pas ta mère !...

— Est-ce ma faute, à moi, si le catholicisme arrive à mettre un million de dieux
dans un sac de farine, si la république aboutit
toujours à quelque Robespierre, si la royauté
se trouve entre l'assassinat de Henri IV et le

jugement de Louis XVI... et si le libéralisme devient Lafayette?...

— L'avez-vous embrassé?

— Non.

— Alors taisez-vous, sceptique!...

— Les sceptiques sont les hommes les plus consciencieux.

— Ils n'ont pas de conscience.

— Que dites-vous?... Ils en ont au moins deux!...

— Escompter le ciel!... Monsieur, voilà une idée vraiment commerciale. Les religions antiques n'étaient qu'un heureux développement du plaisir physique; mais nous autres nous avons développé l'âme et l'espérance. Il y a eu progrès...

— Hé, mes bons amis, que pouvez-vous attendre d'un siècle repu de politique?... Quel a été le sort de Smarra?... La plus ravissante conception...

— Smarra!... cria le *jugeur* d'un bout de la table à l'autre. — Ce sont des phrases tirées au hasard dans un chapeau!... Véritable ouvrage écrit pour Charenton!...

— Vous êtes un sot!...

— Vous êtes un drôle...

— Oh! oh!...

— Ah! ah!...

— A demain... monsieur!...

— A l'instant!... répondit le poëte...

—Allons!... allons! vous êtes deux braves...

— Ils ne peuvent seulement pas se mettre debout!...

—Ah! je ne me tiens pas droit peut-être? reprit le belliqueux auteur en se dressant comme un cerf-volant indécis...

Il jeta sur la table un regard hébété. Puis, comme exténué par cet effort, il retomba sur sa chaise, pencha la tête et resta muet.

—Ne serait-il pas plaisant!... dit le *jugeur* à son voisin, de me battre pour un ouvrage que je n'ai jamais vu, ni lu?...

—Eugène, prends garde à ton habit! Ton voisin pâlit...

—Kant!... Encore un ballon lancé pour amuser les niais! Le matérialisme et le spiritualisme sont deux jolies raquettes avec lesquelles des charlatans en robe font aller le même volant. Que Dieu soit en tout, selon Spinosa, ou que tout vienne de Dieu, selon saint Paul... Imbéciles!... Ouvrir ou fermer une porte... N'est-ce pas le même mouve-

ment? L'œuf vient-il de la poule ou la poule
de l'œuf?... — Passez-moi du canard! — Voilà
toute la science!...

— Nigaud!... lui cria le savant, la question
que tu poses est tranchée par un fait.

— Et lequel?.

— Les chaires de professeurs n'ont pas été
faites pour la philosophie, mais bien la philosophie pour les chaires?... Mets des lunettes et
lis le budget...

— Voleurs!...

— Imbéciles!...

— Fripons!...

— Dupes!...

— Où trouverez-vous ailleurs qu'à Paris un
échange aussi vif, aussi rapide entre les pensées?... s'écria le plus spirituel des artistes en
prenant une voix de basse-taille.

— Allons, Henri!... quelque farce classique!... Voyons, une charge!...

— Voulez-vous que je vous fasse le dix-
neuvième siècle?...

— Écoutez!...

— Silence!...

— Mettez des sourdines à vos muffles!...

— Te tairas-tu, chinois!...

— Donnez-lui du vin ; et qu'il se taise, cet enfant !

— A toi, Henri !...

L'artiste boutonna son habit noir jusqu'au col, mit ses gants jaunes, et se grima de manière à singer *le Globe* ; mais, le bruit couvrant sa voix, il fut impossible de saisir un seul mot de sa spirituelle moquerie ; et alors, s'il ne représenta pas le siècle, au moins représenta-t-il le journal..... car il ne s'entendit pas lui-même.

Le dessert se trouva servi comme par enchantement. La table fut couverte d'un admirable surtout en bronze doré sorti des ateliers de Thomire. De ravissantes figures, douées par un célèbre artiste des formes prestigieuses de la beauté idéale, soutenaient et portaient des buissons de fraises, des ananas, des dattes fraîches, des raisins jaunes, de blondes pêches, des oranges arrivées de Sétubal par un paquebot, des grenades, des fruits de la Chine, enfin toutes les surprises du luxe, les miracles du petit four, les délicatesses les plus friandes, les friandises les plus séductrices. Les couleurs de ces tableaux gastronomiques étaient rehaussées par l'éclat de la porcelaine,

par des lignes étincelantes d'or, par les découpures des vases. Gracieuse comme les liquides
franges de l'océan, verte et légère, la mousse
couronnait les paysages du Poussin, copiés à
Sèvres... Le budget d'un prince allemand n'aurait pas payé cette richesse insolente.

L'argent, la nacre, l'or, les cristaux furent
de nouveau prodigués sous de nouvelles formes; mais les yeux engourdis et la verbeuse
fièvre de l'ivresse permirent à peine aux convives d'avoir une intuition vague de cette féerie digne d'un conte oriental.

Les vins de dessert apportèrent leurs parfums et leurs flammes, philtres puissans, vapeurs enchanteresses, qui engendrent une espèce de mirage intellectuel, et dont les liens
puissans enchaînent les pieds, alourdissent les
mains...

Les pyramides de fruits furent pillées, les
voix grossirent, le tumulte grandit. Alors il
n'y eut plus de paroles distinctes. Les verres
volèrent en éclats, et des rires atroces partirent comme des fusées.

Un vaudevilliste saisit un cor et se mit à
sonner une fanfare. Ce fut comme un signal
donné par le diable. Cette assemblée en dé-

lire hurla, siffla, chanta, cria, rugit, gronda.

Vous eussiez souri de voir les gens naturellement gais, devenus sombres comme les dénouemens de Crébillon, ou rêveurs comme
des marins en voiture. Les hommes fins disaient leurs secrets à des curieux, qui n'écoutaient pas. Les mélancoliques souriaient
comme des danseuses qui achèvent leurs pi-
rouettes. Un journaliste se dandinait à la manière des ours en cage... Des amis intimes se
battaient. Les ressemblances animales inscri-
tes sur les figures humaines et si curieusement
démontrées par les physiologistes, reparais-
saient vaguement dans les gestes, dans les habitudes du corps... Il y avait un livre tout fait
pour quelque Bichat qui se serait trouvé là,
froid et à jeun.

Le maître du logis se sentant ivre et n'o-
sant se lever, approuvait les extravagances
de ses convives par une grimace fixe, et tâ-
chait de conserver un air décent et hospi-
talier. Sa large figure, devenue rouge et
bleue, presque violacée, terrible à voir, s'as-
sociait au mouvement général par des efforts semblables au roulis et au tangage d'un
brick.

— Les avez-vous assassinés ?... lui demanda Émile.

— La confiscation et la peine de mort sont abolies... répondit le banquier.

Puis il se prit à rire en haussant les sourcils d'un air tout à la fois plein de finesse et de bêtise.

— Mais ne les voyez-vous pas quelquefois en songe ?... reprit Raphaël.

— Il y a prescription !... dit le meurtrier plein d'or.

— Et sur sa tombe !... s'écria Émile d'un ton sardonique, l'entrepreneur du cimetière gravera :

Passans, accordez une larme à sa mémoire !...

— Oh ! reprit-il, je donnerais bien cent sous au mathématicien qui me démontrerait par une équation algébrique l'existence de l'enfer !...

Il jeta une pièce en l'air.

— Face pour Dieu !...

— Ne regarde pas !... cria Raphaël en saisissant la pièce. Que sait-on ? le hasard est si plaisant !

— Hélas !... reprit Émile d'un air tristement

bouffon, je ne vois pas où poser les pieds entre la géométrie de l'incrédule et le *pater noster* du pape. — Buvons!... *Trinc!* est, je crois, l'oracle de la dive bouteille et sert de conclusion au Pantagruel!...

— Nous devons au *pater noster*, répondit Raphaël, nos arts, nos monumens, nos sciences peut-être; et, bienfait plus grand encore, nos gouvernemens modernes, dans lesquels une société vaste et féconde est merveilleusement représentée par cinq cents intelligences, où les forces opposées les unes aux autres, se neutralisent, en laissant tout pouvoir à la CIVILISATION, reine gigantesque qui remplace le ROI... cette ancienne et terrible figure, espèce de *faux destin* créé par l'homme entre le ciel et lui..... En présence de tant d'œuvres accomplies, l'athéisme apparaît comme un squelette qui n'engendre pas!... Qu'en dis-tu?...

— Je songe aux flots de sang répandus par le catholicisme!..... dit froidement Émile. Il a pris nos veines et nos cœurs pour faire une contrefaçon du déluge. — Mais n'importe!..... Tout homme qui pense doit marcher sous la bannière de Christ!... Lui seul a consacré le

triomphe de l'esprit sur la matière; lui seul
nous a puissamment révélé le monde intermédiaire qui nous sépare de Dieu !...

— Bah ! reprit-il, en jetant à Raphaël un
indéfinissable sourire d'ivresse, pour ne pas
nous compromettre, portons le fameux toast :

— *Diis ignotis !*...

Et ils vidèrent leurs calices de science, de
gaz carbonique, de parfums, de poésie et
d'incrédulité.

XIII.

— Si ces Messieurs veulent passer dans le salon, le café les y attend!...

Et les portes s'ouvrirent.

En ce moment, presque tous les convives se roulaient au sein de ces limbes délicieuses, où les lumières de l'esprit s'éteignent, où le corps, délivré de son tyran, s'abandonne aux joies délirantes de la liberté.

Les uns, arrivés à l'apogée de l'ivresse, restaient mornes et péniblement occupés à saisir une pensée qui leur attestât leur propre existence; les autres, plongés dans le marasme produit par une digestion alourdissante, niaient le mouvement; d'intrépides orateurs disaient encore de vagues paroles dont ils ne comprenaient pas, eux - mêmes, le sens; puis, quelques refrains retentissaient comme le bruit d'une mécanique obligée d'accomplir sa vie factice et sans âme. Le silence et le tumulte s'étaient bizarrement accouplés.

Néanmoins, en entendant la voix sonore du valet qui, à défaut d'un maître, leur annonçait des joies nouvelles, ils se levèrent entraînés, soutenus ou portés, les uns par les autres.

Mais la troupe entière resta, pendant un moment, immobile et charmée, sur le seuil de la porte. Les jouissances excessives du festin pâlirent devant le chatouillant spectacle que l'amphitryon offrait au plus voluptueux de leurs sens.

Sous les étincelantes bougies d'un lustre d'or, autour d'une table chargée de vermeil, un groupe de femmes se présenta soudain aux convives hébétés, dont les yeux s'allumèrent comme autant de diamans.

Riches étaient les parures, mais plus riches encore étaient ces beautés éblouissantes devant lesquelles disparaissaient toutes les merveilles de ce palais. Les yeux passionnés de ces créatures, prestigieuses comme des fées, avaient encore plus de vivacité que les torrens de lumière qui faisaient resplendir les reflets satinés des tentures, la blancheur des marbres, les saillies délicates des bronzes et la grâce des draperies. Le cœur brûlait, à voir les contrastes de leurs coiffures agitées et de leurs attitudes, toutes diverses d'attraits et de caractère. C'était une haie de fleurs mêlées de rubis, de saphirs et de corail; une ceinture de colliers noirs, sur des cous de neige; des écharpes légères flottant comme les flammes d'un phare; des turbans orgueilleux; des tuniques modestement provoquantes. Ce sérail offrait des séductions pour tous les yeux, des voluptés pour tous les caprices.

Posée à ravir, une danseuse semblait être sans voile sous les plis onduleux du cachemire. Là, une gaze diaphane, ici, la soie cha-

toyante cachaient ou révélaient des perfections
mystérieuses. De petits pieds étroits parlaient
d'amour, des bouches fraîches et rouges se
taisaient. Il y avait de jeunes filles frêles et
décentes, vierges d'hier, dont les jolies che-
velures respiraient une religieuse innocence.
Puis, des beautés aristocratiques au regard
fier, mais indolentes, mais fluettes, maigres, gracieuses, penchaient la tête comme
si elles avaient encore de royales protections
à faire acheter.

Une Anglaise, blanche et chaste, figure
aérienne, descendue des nuages d'Ossian,
ressemblait à un ange de mélancolie, à un
remords fuyant le crime.

La Parisienne, dont toute la beauté gît
dans une grâce indescriptible, vaine de sa
toilette et de son esprit, armée de sa toute-
puissante faiblesse, souple et dure, syrène
sans cœur et sans passion, mais qui sait arti-
ficieusement créer les trésors de la passion et
contrefaire les accens du cœur, ne manquait
pas à cette périlleuse assemblée où brillaient
encore des Italiennes tranquilles en apparence et consciencieuses dans leur félicité; de
riches Normandes, aux formes magnifiques;

des femmes méridionales, aux cheveux noirs, aux yeux bien fendus.

Vous eussiez dit les beautés de Versailles convoquées par Lebel, ayant, dès le matin, dressé tous leurs piéges, arrivant, comme une troupe d'esclaves orientales, réveillées par la voix du marchand, pour partir à l'aurore.

Elles restaient interdites, honteuses, et s'empressaient autour de la table comme des abeilles bourdonnant à l'entrée d'une ruche. Cet embarras craintif, reproche et coquetterie tout ensemble, accusait et séduisait. C'était pudeur involontaire. Un sentiment que la femme ne dépouille jamais complètement leur ordonnait de s'envelopper dans le manteau de la vertu pour donner plus de charme et de piquant aux prodigalités du vice.

Aussi, la conspiration ourdie par le maître du logis échoua-t-elle. Ces hommes sans frein furent subjugués tout d'abord par la puissance majestueuse dont la femme est investie. Un murmure d'admiration résonna comme la plus douce musique. L'amour n'ayant pas voyagé de compagnie avec l'ivresse, au lieu d'un ouragan de passions, les convives, surpris dans un moment de faiblesse, s'abandonnèrent aux délices d'une douce extase.

Obéissant à la poésie qui les domine toujours, les artistes étudièrent avec bonheur les nuances délicates qui distinguaient ces beautés choisies.

Réveillé par une pensée, due peut-être à quelque émanation d'acide carbonique qui se dégageait du vin de Champagne, un philosophe frissonnait en songeant aux malheurs qui amenaient là ces femmes peut-être dignes jadis des plus purs hommages... Chacune d'elles avait, sans doute, un drame sanglant à raconter; presque toutes apportaient d'infernales tortures, et traînaient après elles des hommes sans foi, des promesses trahies, des joies rançonnées par la misère.

Les convives s'approchèrent d'elles avec politesse, et des conversations aussi diverses que les caractères s'établirent. Des groupes se formèrent. Bientôt, vous eussiez dit d'un salon où les jeunes filles et les femmes vont offrant aux convives, après le dîner, les secours que le café, les liqueurs et le sucre prêtent aux gourmands embarrassés dans les travaux d'une digestion récalcitrante. Puis quel-

ques rires éclatèrent... Le murmure augmenta.
Les voix s'élevèrent. L'orgie, domptée pendant un moment, menaçait par intervalles de
se réveiller. Ces alternatives de silence et de
bruit avaient une vague ressemblance avec
une harmonie de Beethoven.

Assis sur un moelleux divan, les deux amis
virent d'abord arriver près d'eux une grande
fille admirablement bien proportionnée, su-
perbe en son maintien, de physionomie assez
irrégulière, mais perçante, mais impétueuse,
et qui saisissait l'âme par de vigoureux contrastes. Sa chevelure noire, artistement mise
en désordre, semblait avoir déjà subi les
combats de l'amour et retombait en boucles
capricieuses sur ses puissantes épaules, qui
offraient des perspectives attrayantes à voir.
De longs rouleaux bruns enveloppaient à demi
un cou majestueux, sur lequel la lumière
glissait par intervalles, en révélant la finesse
des plus jolis contours. Sa peau, d'un blanc
mat, faisait ressortir les tons chauds et ani-
més de ses vives couleurs. L'œil armé de longs
cils lançait des flammes hardies, étincelles
d'amour ; et la bouche, humide, entr'ouverte,
appelait le baiser. Elle avait une taille forte,

mais lascive. Son sein, ses bras étaient largement développés, comme ceux des belles figures du Carrache; néanmoins elle paraissait
leste, souple, et sa vigueur supposait l'agilité
d'une panthère, comme la mâle élégance de
ses formes en promettait les voluptés dévorantes.

Quoiqu'elle dût savoir rire et folâtrer, ses
jeux effrayaient la pensée. Semblable à ces
prophétesses agitées par un démon, elle éton-
nait plutôt qu'elle ne plaisait. Toutes les expressions passaient par masses et comme des
éclairs sur sa figure mobile. Peut-être eût-elle
ravi des gens blasés, mais un jeune homme
l'eût redoutée. C'était une statue colossale,
tombée du haut de quelque temple grec, sublime à distance; vue de près, grossière; et,
cependant sa foudroyante beauté devait réveiller les impuissans, sa voix charmer les
sourds, ses regards ranimer de vieux ossemens.

Émile la comparait vaguement à une tragédie de Shakespeare, espèce d'arabesque admirable, où la passion éclate, où la joie hurle,
où l'amour a je ne sais quoi de sauvage, où
la magie de la grâce et du bonheur succède

aux sanglans tumultes de la colère; monstre
qui sait mordre et caresser, rire comme un
démon, pleurer comme les anges, improviser
dans une seule étreinte toutes les séductions
de la femme, excepté les soupirs de la mélancolie et les enchanteresses modesties d'une
vierge; puis, en un moment, rugir, se déchirer les flancs, briser sa passion, son] amant ;
enfin se détruire elle-même comme fait un
peuple insurgé.

Vêtue d'une robe en velours rouge, elle
foulait d'un pied insouciant quelques fleurs
déjà tombées de la tête de ses compagnes,
et, d'une main dédaigneuse, elle tendait aux
deux amis un plateau d'argent. Fière de sa
beauté, fière de ses vices peut-être, elle montrait un bras éblouissant, d'une admirable
rondeur, et qui se détachait vivement sur le
velours. Elle était là comme la reine du plaisir, comme une image de la joie humaine, de
cette joie qui dissipe les trésors amassés par
trois générations, qui rit sur les cadavres, se
moque des aïeux, dissout des perles et des
trônes, transforme les jeunes gens en vieillards, et souvent les vieillards en jeunes gens;
de cette joie, permise seulement aux géans

fatigués du pouvoir, éprouvés par la pensée, ou pour lesquels la guerre est devenue comme un jouet.

—Comment te nommes-tu?... lui dit Raphaël.

— Aquilina !

— Oh! oh! tu viens de *Venise sauvée!*... s'écria Émile.

— Oui ! répondit-elle. De même que les papes se donnent de nouveaux noms, en montant au dessus des hommes, j'en ai pris un autre en m'élevant au dessus de toutes les femmes.

— As-tu donc, comme ta patronne, un noble et terrible conspirateur qui t'aime et sache mourir pour toi?... dit vivement Émile réveillé par cette apparence de poésie.

— Je l'ai eu!... répondit-elle; mais la guillotine était ma rivale. Aussi, je mets toujours quelques chiffons rouges dans ma parure, pour que ma joie n'aille jamais trop loin...

— Oh! si vous lui laissez raconter l'histoire des quatre jeunes gens de La Rochelle, elle n'en finira pas!... Tais-toi donc, Aquilina !... Les femmes n'ont-elles pas toutes un amant à pleurer? mais toutes n'ont pas, comme toi, le

bonheur de l'avoir perdu sur un échafaud!...
Ah! j'aimerais bien mieux savoir le mien couché dans une fosse à Clamart que près d'une
rivale...

Ces phrases si cruellement logiques furent
prononcées d'une voix douce et mélodieuse,
par la plus innocente, la plus jolie et la plus
gentille petite créature qui, suivant l'expression d'Horace Walpole, fût jamais sortie d'un
œuf enchanté...

Elle était venue à pas muets, et montrait
une figure délicate, une taille grêle, des yeux
bleus ravissans de modestie, des tempes fraîches et pures. Une naïade ingénue, s'échap-
pant de sa source, n'est pas plus timide, plus
blanche, ni plus naïve...

Elle paraissait avoir seize ans, ignorer le
mal, ignorer l'amour, ne pas connaître les
orages de la vie, et venir d'une église où elle
aurait prié les anges d'obtenir avant le temps
son rappel dans les cieux...

A Paris seulement, se rencontrent ces créatures au visage candide, qui cachent sous un
front aussi doux, aussi tendre que la fleur
d'une marguerite, la dépravation la plus profonde, les vices les plus raffinés...

Trompés d'abord par les célestes promesses
écrites dans les suaves attraits de cette jeune
fille, Émile et Raphaël, acceptant le café
qu'elle leur versa dans les tasses présentées
par Aquilina, se mirent à la questionner.

Alors elle acheva de transfigurer aux yeux
des deux poëtes, par une sinistre allégorie, je
ne sais quelle face de la vie humaine, en opposant, à l'expression rude et passionnée de
son imposante compagne, le portrait de cette
corruption froide, voluptueusement cruelle,
assez étourdie pour commettre un crime, assez forte pour en rire; espèce de monstre sans
cœur, qui punit les âmes riches et tendres de
ressentir les émotions dont il est privé, qui
trouve toujours une grimace d'amour à vendre, des larmes pour le convoi de sa victime, et
de la joie, le soir, pour en lire le testament...

Un poëte eût admiré la belle Aquilina, le
monde entier devait fuir la touchante Euphrasie. L'une était l'âme du vice, l'autre le vice
sans âme.

— Je voudrais bien savoir, dit Emile à cette
jolie créature, si parfois tu songes à l'avenir...

— L'avenir!... répondit-elle en riant. Qu'appelez-vous l'avenir?... Pourquoi penserais-je à

ce qui n'existe pas encore? Je ne regarde jamais ni en arrière ni en avant de moi! N'est-
ce pas déjà trop que de m'occuper d'une journée à la fois? D'ailleurs l'avenir, nous le con-
naissons!... C'est l'hôpital!...

— Comment peux-tu voir d'ici l'hôpital et
ne pas éviter d'y aller?... s'écria Raphaël.

— Qu'a donc l'hôpital de si effrayant?... demanda la terrible Aquilina. Quand nous ne
sommes ni mères ni épouses; quand la vieillesse nous met des bas noirs aux jambes et
des rides au front, flétrit tout ce qu'il y a de
femme en nous, et sèche la joie dans les regards de nos amis, de quoi pouvons-nous
manquer?... Alors, vous ne voyez plus en
nous, de notre nature, que sa fange primitive... elle marche sur deux pattes, froide,
sèche, décomposée; et va, produisant un
bruissement de feuilles mortes... Les plus jolis chiffons nous deviennent des haillons...
L'ambre qui réjouissait le boudoir prend une
odeur de mort et sent le squelette; puis, s'il
se trouve un cœur dans cette boue, vous y
insultez tous... Vous ne nous permettez même
pas un souvenir!... Alors, que nous soyons
dans un riche hôtel à soigner des chiens, ou

dans un hôpital à trier des guenilles, notre
existence n'est-elle pas exactement la même?...
Cacher nos cheveux blancs sous un mouchoir
à carreaux rouges et bleus, ou sous des dentelles... n'est-ce pas toute la différence? Au
lieu d'être assises à des foyers dorés nous nous
chauffons à des cendres, dans un pot de terre
rouge; et, au lieu d'aller à l'Opéra, nous allons à la Grève...

— *Aquilina mia !*... Jamais tu n'as eu tant
de raison au milieu de tes désespoirs ! reprit
Euphrasie. Oui, les cachemires, les vélins,
les parfums, l'or, la soie, le luxe, tout ce qui
brille, tout ce qui plaît, ne va bien qu'à la
jeunesse. Le temps seul pourrait avoir raison
contre nos folies!... mais le bonheur nous
absout! Ah! ah! j'aime mieux mourir de plaisir que de maladie... Je n'ai ni la manie de la
perpétuité, ni grand respect pour l'espèce humaine, à voir ce que Dieu en fait... Aussi,
donnez-moi des millions, je les mangerai.....
Je ne voudrais pas garder un centime pour
l'année prochaine..... Vivre pour plaire et régner, tel est l'arrêt que prononce chaque battement de mon cœur!..... La nature m'approuve.... Ne fournit-elle pas sans cesse à mes

dissipations? Pourquoi le bon Dieu me fait-il
tous les matins la rente de ce que je dépense
tous les soirs?... Et comme il ne nous a pas
mis entre le bien et le mal pour choisir ce qui
nous blesse ou nous ennuie... Allez donc! je
serais bien sotte de ne pas m'amuser!

— Et les autres?... dit Emile.

— Les autres? eh! bien.... qu'ils s'arran-
gent!... J'aime mieux rire de leurs souffrances
que d'avoir à pleurer sur les miennes.... Je
défie un homme de me causer la moindre
peine.

— Qu'as-tu donc souffert pour être devenue
ainsi?... demanda Raphaël.

— J'ai été quittée pour un héritage!....
Moi!... dit-elle, en prenant une pose admirable qui fit ressortir toutes ses séductions. Et
cependant j'avais passé les nuits et les jours à
travailler pour nourrir mon amant... Ah! je
ne veux plus être la dupe d'aucun sourire,
d'aucune promesse..... et je prétends faire de
mon existence une longue partie de plaisir....

— Mais, s'écria Raphaël, le bonheur ne
vient-il donc pas de l'âme?...

— Eh bien!... reprit Aquilina, n'est-ce rien
que de se voir admirée, flattée, de triompher

même des femmes vertueuses en les écrasant par notre beauté, par notre richesse?... D'ailleurs, nous vivons plus en un jour qu'une bonne bourgeoise en dix ans, et alors — tout est jugé...

— Une femme sans vertu n'est-elle pas odieuse?... dit Emile à Raphaël.

Euphrasie, leur lançant un regard de vipère, répondit avec un inimitable accent d'ironie :

— La vertu!... Nous la laissons aux laides et aux bossues... Que seraient-elles sans cela, les pauvres femmes?...

—Allons, tais-toi!... s'écria Emile, ne parle point de ce que tu ne connais pas!...

— Ah! je ne la connais pas!..... reprit Euphrasie. Se donner pendant toute sa vie à un être détesté, savoir élever des enfans qui vous abandonnent, et leur dire : — Merci! quand ils vous frappent au cœur... Voilà les vertus que vous ordonnez à la femme!.. Encore, pour la récompenser de son abnégation, venez-vous lui imposer des souffrances en cherchant à la séduire.... Si elle résiste, vous la compromettez.... Jolie vie.... Autant rester libre, aimer ceux qui nous plaisent, et mourir jeunes...

— Ne crains-tu pas de payer tout cela un jour ?

— Eh bien!... répondit-elle, au lieu d'entremêler mes plaisirs de chagrins, ma vie sera coupée en deux parts... Une jeunesse certainement joyeuse, et je ne sais quelle vieillesse incertaine où je souffrirai tout à votre aise....

— Elle n'a pas aimé!... dit Aquilina d'un son de voix profond. Elle n'a jamais fait cent lieues pour aller dévorer, avec mille délices, un regard et un refus... Elle n'a point attaché sa vie à un cheveu, ni essayé de poignarder sept hommes pour sauver son souverain, son seigneur, son Dieu. Pour elle, l'amour était un joli colonel...

— Hé! hé! *La Rochelle!*.... répondit Euphrasie... L'amour est comme le vent : nous ne savons pas d'où il vient. D'ailleurs, si tu avais été bien aimée par une bête, tu prendrais les gens d'esprit en horreur...

— Le Code nous défend d'aimer les bêtes!... répliqua la grande Aquilina d'un accent ironique.

— Je te croyais plus indulgente pour les militaires!... s'écria Euphrasie en riant.

— Sont-elles heureuses, de pouvoir abdiquer leur raison!... s'écria Raphaël.

— Heureuses!... dit Aquilina, souriant de
pitié, de terreur, et jetant aux deux amis un
horrible regard. Ah! vous ne savez pas ce
que c'est que d'être condamnée au plaisir avec
un mort dans le cœur!...

En ce moment, des cris étranges s'élevaient
de toutes parts. Contempler les salons, c'était
avoir une vue anticipée du Pandémonium de
Milton. Il y avait des danses folles, animées
par une sauvage énergie. Les flammes bleues
du punch coloraient les visages d'une teinte
infernale. Les rires éclataient comme les dé-
tonations d'un feu d'artifice. Les champs de
bataille, jonchés de morts et de mourans,
avaient aussi leur image. L'atmosphère était
chaude. L'ivresse ayant jeté sur tous les regards de légers voiles, chacun croyait voir
un nuage rougeâtre et des vapeurs enivrantes
en l'air. Il s'était élevé, comme dans les bandes
lumineuses tracées par un rayon de soleil,
une poussière brillante, à travers laquelle se
jouaient les formes les plus capricieuses, les
luttes les plus grotesques, et des groupes merveilleux se confondaient avec les marbres

blancs, admirables chefs-d'œuvre de la sculpture dont les appartemens étaient ornés.

Quoique les deux amis conservassent encore une sorte de lucidité trompeuse dans les idées, et, dans leurs organes, un dernier frémissement, simulacre imparfait de la vie, il leur était impossible de reconnaître ce qu'il y avait de réel dans les fantaisies bizarres, de possible dans les tableaux surnaturels qui passaient incessamment devant leurs yeux lassés. Le ciel étouffant de nos rêves; le fini, la suavité que contractent les formes et les objets dans nos songes, et surtout cette agilité chargée de lourdes chaînes; enfin, tous les phénomènes du sommeil les assaillaient si vivement qu'ils prirent les jeux de cette débauche pour les caprices d'un cauchemar. Il y avait du mouvement sans bruit, des cris perdus pour l'oreille; puis, l'ivresse, l'amour, le délire, l'oubli du monde étaient dans les cœurs, sur les visages, dans l'air, écrit sur les tapis, exprimé par le désordre...

Alors le valet de chambre de confiance, ayant réussi, non sans peine, à faire venir son maître dans l'antichambre, lui dit à l'oreille :

— Monsieur, tous les voisins sont aux fenêtres et se plaignent du tapage...

— S'ils ont peur du bruit, ne peuvent-ils pas faire mettre de la paille devant leurs portes!... s'écria l'amphitryon.

XIV.

Raphael laissa échapper un éclat de rire si burlesquement intempestif que son ami lui demanda compte d'une joie aussi brutale.

— Tu me comprendrais difficilement !... répondit-il. D'abord, il faudrait t'avouer que vous m'avez arrêté sur le quai Voltaire au moment où j'allais me jeter dans la Seine ; et tu voudrais, sans doute, connaître les motifs de ma mort... Mais quand j'ajouterais que, par un hasard presque fabuleux, les ruines les plus poétiques du monde matériel venaient alors de se résumer à mes yeux par une traduction symbolique de la sagesse humaine ; tandis qu'en ce moment les débris de tous les trésors intellectuels dont nous avons fait à table un si cruel pillage, aboutissent à ces deux femmes, images vives et originales de la folie, et que notre profonde insouciance des hommes et des choses a servi de transition aux tableaux fortement colorés de deux systèmes d'existence si diamétralement opposés, en seras-tu plus instruit ?... Si tu n'étais pas ivre, tu y verrais peut-être un traité de philosophie...

— Si tu n'avais pas les deux pieds sur cette ravissante Aquilina, dont les ronflemens ont je ne sais quelle analogie avec le rugissement d'un orage près d'éclater, reprit Emile, qui, lui-même, s'amusait à rouler et à dérouler les cheveux d'Euphrasie sans trop avoir la conscience de cette innocente occupation ; tu rougirais de ton ivresse et de ton bavardage. Tes deux systèmes peuvent entrer dans une seule phrase, et se réduisent à une pensée.

La vie simple et mécanique conduit à quelque sagesse insensée, en étouffant notre intelligence par le travail ; et la vie passée dans le vide des abstractions, ou dans les abîmes du monde moral, mène à quelque folle sagesse.

En un mot, tuer les sentimens pour vivre vieux, ou mourir jeune en acceptant le martyre des passions, voilà notre arrêt. Encore, cette sentence lutte-t-elle avec les tempéramens que nous a donnés le rude goguenard, auquel nous devons les patrons de toutes les créatures.

— Imbécile !... s'écria Raphaël en l'interrompant. Continue à te résumer ainsi, tu feras des volumes !... Si j'avais eu la prétention de formuler proprement ces deux idées, je t'aurais dit que l'homme se corrompt par l'exercice de la raison et se purifie par l'ignorance. C'est faire le procès aux sociétés ! Mais, que nous vivions avec les sages ou que nous périssions avec les fous, le résultat n'est-il pas, tôt ou tard, le même ?... Aussi, le grand abstracteur de quintessence a-t-il jadis exprimé ces deux systèmes en deux mots : — CARYMARY, CARYMARA...

— Tu me fais douter de la puissance de
Dieu, car tu es plus bête qu'il n'est puissant!...
répliqua Émile. Notre cher Rabelais a résolu
cette philosophie par un mot plus bref que
— *carymary! carymara.* C'est — PEUT-ÊTRE!...
d'où Montaigne a pris son — *Que sais-je?*... et
Charles Nodier le — *Qu'est-ce que cela me
fait?*.. de Breloque... Encore, ces derniers
mots de la science morale ne sont-ils guères
que l'exclamation de Pyrrhon restant entre le
bien et le mal, comme l'âne de Buridan entre
deux mesures d'avoine...

Mais laissons là cette éternelle discussion,
qui aboutit aujourd'hui à un — *oui et non!*...
Quelle expérience voulais-tu donc faire en te
jetant dans la Seine?... Étais-tu jaloux de la
machine hydraulique du pont Notre-Dame?...

— Ah! si tu connaissais ma vie!...

— Ah! ah! s'écria Émile, je ne te croyais
pas si vulgaire!... la phrase est usée. Ne sais-tu
pas que nous avons tous la prétention de
souffrir beaucoup plus que les autres?...

— Ah! s'écria Raphaël.

— Mais tu es bouffon avec ton...... *ah!*...
Voyons?...

Une maladie d'âme ou de corps t'obliget-elle de ramener tous les matins, par une contraction de tes muscles, les chevaux qui, le soir, doivent t'écarteler, comme, jadis, le fit Damien?

As-tu mangé ton chien tout cru, sans sel, dans ta mansarde?...

Tes enfans t'ont-ils jamais dit : — Père, j'ai faim?...

As-tu vendu les cheveux de ta maîtresse, pour aller au jeu?...

As-tu été payer à un faux domicile une fausse lettre de change, tirée sur un faux oncle?...

Voyons, j'écoute...

Si tu te jetais à l'eau pour une femme, pour un protêt, ou par ennui, je te renie... Confesse-toi, ne mens pas, je ne te demande point de mémoires historiques... Surtout, sois aussi bref que ton ivresse te le permettra; car je suis exigeant comme un lecteur, et prêt à dormir comme une femme qui lit ses vêpres.

— Pauvre sot!... dit Raphaël. Depuis quand les douleurs ne sont-elles plus en raison de la sensibilité? Lorsque nous arriverons au degré de science qui nous permettra de faire une histoire naturelle des cœurs, de les nommer, de les classer en genres, en sous-genres, en familles, en crustacés, en fossiles, en sauriens, en microscopiques, en... que sais-je?... Alors, mon bon ami, ce sera chose prouvée qu'il en existe de tendres, de délicats, comme des fleurs, et qui doivent se briser, comme elles, par de légers froissemens auxquels certains cœurs minéraux ne sont même pas sensibles !...

— Oh! de grâce, épargne-moi ta préface!... dit Émile d'un air moitié riant moitié piteux, en prenant la main de Raphaël.

FIN DE LA PREMIÈRE PARTIE.

La Femme sans coeur.

DEUXIÈME PARTIE.

LA FEMME SANS CŒUR.

XV.

Après être resté silencieux pendant un moment, Raphaël dit en laissant échapper un geste d'insouciance :

— Je ne sais, en vérité, s'il ne faut pas attribuer aux fumées du vin et du punch, l'espèce de lucidité qui me permet d'embrasser en cet instant toute ma vie comme un seul et même tableau, où les figures, les couleurs, les ombres, les lumières, les demi-teintes, sont fidèlement rendus... Ce jeu poétique de mon imagination ne m'étonnerait pas, s'il n'était accompagné d'une sorte de dédain pour mes souffrances et pour mes joies passées... Vue à distance, toute ma vie est comme rétrécie par un phénomène moral ; et je juge, au lieu de sentir ! Cette longue et lente douleur qui a duré dix ans, peut aujourd'hui se reproduire par quelques phrases, dans lesquelles la douleur ne sera plus qu'une pensée, et le plaisir, une réflexion philosophique...

— Tu es ennuyeux comme un amendement !... s'écria Émile.

— Cela est possible ! reprit Raphaël sans murmurer. Aussi, pour ne pas abuser de tes oreilles, je te ferai grâce des dix-sept premières années de ma vie. Jusque là, j'ai vécu comme toi, comme mille autres, de cette vie de collége ou de lycée, dont, maintenant, nous nous rappelons tous, avec tant de délices, les malheurs fictifs et les joies réelles ; à laquelle notre gastronomie blaséo redemande les pois rouges du vendredi, tant que

nous ne les avons pas goûtés de nouveau...
Cette belle vie dont nous méprisons les travaux qui, cependant, nous ont appris le travail...

— Arrive au drame!... dit Emile d'un air
moitié comique et moitié plaintif.

— Quand je sortis du collége, reprit Raphaël en réclamant, par un geste, le droit de
continuer, mon père m'astreignit à une discipline sévère. Il me logea dans une chambre
contiguë à son cabinet. Je me couchais dès
neuf heures du soir et me levais à cinq heures
du matin. Il voulait que je fisse mon Droit
en conscience. J'allais en même temps à l'É-
cole et chez un avoué. Mais les lois du temps
et de l'espace étaient si sévèrement appli-
quées à mes courses, à mes travanx, et mon
père me demandait en dînant un compte si
rigoureux de...

— Qu'est-ce que cela me fait?..... dit
Emile.

— Eh! que le diable t'emporte!... répondit
Raphaël. Comment pourrais-tu concevoir mes
sentimens si je ne te raconte les faits imper-
ceptibles qui influèrent sur mon âme, la fa-
çonnèrent à la crainte, et me firent long-

temps, rester dans la naïveté primitive du jeune homme...

Ainsi, jusqu'à vingt et un ans j'ai été courbé sous un despotisme aussi froid que celui d'une règle monacale. Pour te révéler les tristesses de ma vie, il suffira peut-être de te dépeindre mon père. C'était un grand homme sec et mince, le visage en lame de couteau, le teint pâle, à parole brève, taquin comme une vieille fille, méticuleux comme un chef de bureau... Sa paternité planait au dessus de mes lutines et joyeuses pensées, de manière à les enfermer sous un dôme de plomb... Quand je voulais lui manifester un sentiment doux et tendre, il me recevait comme si j'allais lui dire une sottise. Je le redoutais bien plus que nous ne craignions naguères nos maîtres d'étude... J'avais toujours huit ans pour lui... Je crois encore le voir devant moi... Il se tenait droit comme un cierge pascal; et, dans sa redingote marron, il avait l'air d'un hareng saur enveloppé dans la couverture rougeâtre d'un pamphlet...

Et cependant j'aimais mon père!... Au fonds, il était juste. Mais peut-être ne haïssons-nous pas la sévérité quand elle est jus-

tifiée par un grand caractère, par des mœurs
pures, et qu'elle est adroitement entremêlée
de bonté.

Si mon père ne me quitta jamais; si, jusqu'à l'âge de vingt ans, il ne laissa pas dix
francs à ma disposition; oui, dix coquins, dix
libertins de francs, trésor immense dont la
possession vainement enviée me faisait rêver
d'ineffables délices; du moins il cherchait à
me procurer quelques distractions ; et, après
m'avoir fait attendre un plaisir pendant des
mois entiers, il me conduisait aux Bouffons, à un concert, à un bal, où j'espérais
rencontrer une maîtresse... Une maîtresse!...
c'était, pour moi, l'indépendance.

Mais honteux et timide, né sachant point
l'idiôme des salons et n'y connaissant personne, j'en revenais le cœur toujours aussi
neuf, et gonflé de désirs... Puis, le lendemain,
bridé comme un cheval d'escadron par mon
père, il me fallait, dès le matin, retourner
chez mon Avoué, au Droit, au Palais.

Vouloir m'écarter de la route uniforme
qu'il m'avait tracée, c'eût été m'exposer à sa
colère; or, à ma première faute, il m'a-
vait menacé de m'embarquer en qualité de

mousse pour les Antilles, il me prenait un horrible frisson quand, par hasard, j'osais m'aventurer, pendant une heure ou deux, dans quelque partie de plaisir.

Figure-toi l'imagination la plus vagabonde, le cœur le plus amoureux, l'âme la plus tendre, l'esprit le plus poétique, sans cesse en présence de l'homme le plus caillouteux, le plus atrabilaire, le plus froid du monde?... Marie une jeune fille à un squelette, et tu comprendras l'existence dont tu m'interdis de te développer les scènes curieuses : projets de fuite évanouis à l'aspect de mon père, désespoirs calmés par le sommeil, désirs comprimés, sombres mélancolies dissipées par la musique. Assez fort sur le piano, j'exhalais mon malheur en mélodies; et, souvent, Beethoven ou Mozart furent mes discrets confidens.

Aujourd'hui, je souris en me souvenant de tous les préjugés qui agitèrent ma conscience à cette époque d'innocence et de vertu.

Si j'avais mis le pied chez un restaurateur, je me serais cru ruiné. Mon imagination me faisait considérer un café comme un lieu de débauche où les hommes se perdaient d'hon-

neur et engageaient leur fortune. Quant à risquer de l'argent au jeu, il aurait fallu en
avoir...

Oh! quand je devrais t'endormir, je veux
te raconter l'une des plus terribles joies de
ma vie, une de ces joies armées de griffes et
qui s'enfoncent dans notre cœur comme un
fer chaud sur l'épaule d'un forçat...

J'étais au bal chez le duc de N***, cousin
de mon père...Mais, pour que tu puisses par-
faitement comprendre ma position, il faut
tout t'avouer. J'avais un habit râpé, des souliers mal faits, une cravate de cocher et des
gants déjà portés... Je me mis dans un coin,
d'où je dévorais de l'œil les plus jolies femmes
en prenant des glaces... Mon père m'aperçut;
et, par une raison que je n'ai jamais devinée,
tant cet acte de confiance m'abasourdit, il me
donna sa bourse et son passe-partout à garder... A dix pas de moi, quelques hommes
jouaient, et j'entendais frétiller l'or.

J'avais vingt ans, et je souhaitais passer une
journée entière plongé dans les crimes de
mon âge. C'était un libertinage d'esprit dont
nous ne trouverions l'analogue ni dans les
caprices de courtisane, ni dans les songes

de jeune fille. Depuis un an, je me rêvais, bien mis, en voiture, ayant une belle femme à mes côtés, tranchant du seigneur, dînant chez Véry, allant le soir au spectacle, et décidé à ne revenir que le lendemain chez mon père; mais armé, contre lui, d'une aventure romanesque, plus intriguée que le Mariage de Figaro, et dont il lui aurait été impossible de se dépêtrer. J'avais estimé toute cette joie cinquante écus... N'étais-je pas encore sous le charme naïf de *l'école buissonnière ?...*

J'allai donc dans un boudoir; et, là, seul, les yeux cuisans, les doigts tremblans, je comptai l'argent de mon père... Il y avait cent écus dans la bourse.

Tout à coup, les joies de mon escapade apparurent devant moi visibles, dansant comme les sorcières de Macbeth autour de leur chaudière; mais alléchantes, frémissantes et délicieuses. Je devins un coquin déterminé. Sans écouter les tintemens de mon oreille ou les battemens précipités de mon cœur, je pris deux pièces de vingt francs que je vois encore!... Les millésimes en étaient effacés, et, tout usée, la figure de Bonaparte y grimaçait... Ayant mis la bourse dans ma poche,

et les deux pièces d'or dans la paume humide
de ma main droite, je revins vers une table
de jeu, rôdant autour des joueurs comme un
émouchet au dessus d'un poulailler. En proie
à des angoisses inexprimables, je jetai soudain
un regard translucide autour de moi ; puis,
sûr de n'être aperçu par personne de con-
naissance, je pariai pour un petit homme
gras et réjoui, sur la tête duquel j'accumulai
plus de prières et de vœux qu'il ne s'en fait,
en mer, pendant trois tempêtes. Mais, avec
un instinct de scélératessse et de machiavé-
lisme dont Sixte-Quint eût été surpris, j'allai
me planter près d'une porte, regardant à travers les salons sans y rien voir ; mon âme et mes
yeux voltigeaient autour du fatal tapis vert...

De cette soirée, date la première observation physiologique à laquelle j'ai dû, depuis,
la pénétration qui m'a permis de saisir quelques mystères de notre double nature.

En effet, je tournais le dos à la table où
se disputait mon futur bonheur, bonheur
d'autant plus profond peut-être qu'il était
criminel !... Il y avait, entre les deux joueurs
et moi, toute une haie d'hommes, épaisse de
quatre ou cinq rangées de causeurs... Il s'éle-

vait un bourdonnement de voix, qui empêchait même de distinguer les sons de l'orchestre... Eh bien! par un privilége accordé
à toutes les passions et qui leur donne le pouvoir d'anéantir l'espace ou le temps, j'entendais distinctement les paroles des deux
joueurs, je connaissais leurs points, et savais
celui des deux qui retournait le roi, comme
si j'eusse vu les cartes; et, quoiqu'à dix pas
d'elles, je pâlissais de leurs caprices.

Mon père passa devant moi tout à coup;
et je compris alors cette parole de l'Écriture:
— L'esprit de Dieu passa devant sa face!...

Mais j'avais gagné!... A travers le tourbillon d'hommes qui gravitait autour des jouers,
j'accourus à la table en me glissant avec la
dextérité d'une anguille qui s'échappe par la
maille rompue d'un filet. De douloureuses,
toutes mes fibres devinrent joyeuses. J'étais
comme un condamné qui, marchant au supplice, a rencontré le roi...

Le hasard fit qu'un homme décoré réclama
quarante francs. Ils manquaient au jeu. Tous
les regards tombèrent sur moi. Je pâlis, et
des gouttes de sueur sillonnèrent mon front
jeune. Alors, le crime d'avoir volé mon père

me parut bien vengé ; mais le bon , gros , petit
homme dit d'une voix certainement angé-
lique :

— Tous ces messieurs avaient mis !... Je
suis responsable du jeu !...

Il paya les quarante francs. Alors je relevai
mon front et jetai des regards triomphans sur
les joueurs. Puis, après avoir réintégré dans la
bourse de mon père l'or que j'y avais pris , je
laissai mon gain à ce digne et honnête monsieur
qui continua de gagner. Aussitôt que je me vis
possesseur de cent soixante francs, je les enve-
loppai dans mon mouchoir de manière à ce
qu'ils ne pussent ni remuer ni sonner pendant
notre retour au logis, et je ne jouai plus...

— Que faisiez-vous au jeu ?... me dit mon
père en entrant dans le fiacre.

— Je regardais... répondis-je en tremblant.

— Mais, reprit mon père. il n'y aurait eu
rien d'extraordinaire à ce que vous eussiez
été forcé par amour-propre à mettre quelque
chose au jeu... Aux yeux des gens du monde,
vous paraissez assez âgé pour avoir le droit
de faire des sottises,.. Ainsi, je vous excuse-
rais, Raphaël , si vous vous étiez servi de ma
bourse...

Je ne répondis rien.

Quand nous fûmes de retour, je rendis à mon père le passe-partout et l'argent. En rentrant dans sa chambre, il vida sa bourse sur sa cheminée et compta l'or; puis, se tournant vers moi d'un air assez gracieux, il me dit en séparant chaque phrase par une pause plus ou moins longue et significative :

— Mon fils, vous avez bientôt vingt ans. — Je suis content de vous. — Il vous faut une pension, — quand ce ne serait que pour vous apprendre à économiser, — à connaître les choses de la vie. — Dès ce soir, je vous donnerai — cent francs — par mois. Vous disposerez de votre argent comme il vous plaira !...

— Voici le premier trimestre de cette année... ajouta-t-il en caressant une pile d'or comme pour vérifier la somme.

J'avoue que je fus prêt à me jeter à ses pieds, à lui déclarer que j'étais un brigand, un infâme, et... pis que cela, — un menteur !... Mais la honte me retint. J'allais l'embrasser, il me repoussa faiblement.

— Maintenant tu es un homme, *mon enfant!...* me dit-il. Ce que je fais est une chose toute simple et juste dont tu ne dois pas me remercier...

— Si j'ai droit à votre reconnaissance, Raphaël, reprit-il d'un ton doux, mais plein de dignité, c'est pour avoir sauvé votre jeunesse des malheurs qui dévorent tous les jeunes gens, à Paris. — Désormais nous serons comme deux amis. — Vous deviendrez dans un an, docteur en droit. — Vous avez, non sans quelques déplaisirs et certaines privations, acquis les connaissances solides et l'amour du travail si essentiel aux hommes appelés à manier les affaires... Apprenez, Raphaël, à me connaître. — Je ne veux faire de vous, ni un avocat, ni un notaire; mais un homme d'état qui puisse devenir la gloire de notre pauvre maison...

— A demain !... ajouta-t-il en me renvoyant par un geste mystérieux.

Dès ce jour, mon père m'initia franchement à ses projets.

XVI.

J'ÉTAIS fils unique et j'avais perdu ma mère
depuis dix ans.

Autrefois, peu flatté d'avoir le droit de la-
bourer la terre l'épée au côté, mon père, chef
d'une maison historique, à peu près oubliée
en Auvergne, vint à Paris pour y tenter le
diable.

Doué de cette finesse qui rend les hommes
du midi de la France si supérieurs quand elle
se trouve accompagnée d'énergie, il était par-
venu, sans grand appui, à prendre position
au cœur même du pouvoir. La révolution ren-
versa bientôt sa fortune; mais ayant épousé
l'héritière d'une riche maison, il s'était vu,
sous l'empire, au moment de restituer à notre
famille son ancienne splendeur.

La restauration, qui rendit à ma mère des
biens considérables, ruina mon père.

Ayant jadis acheté plusieurs terres données
par l'empereur à ses généraux, et situées en
pays étranger, il luttait depuis dix ans avec des
liquidateurs et des diplomates, avec les tribunaux prussiens et bavarois pour se maintenir
dans la possession contestée de ces malheu-
reuses dotations. Aussitôt, mon père me jeta
dans le labyrinthe inextricable de ce vaste
procès d'où dépendait tout notre avenir. Nous
pouvions être condamnés à restituer les reve-
nus par lui perçus, ainsi que le prix de certaines coupes de bois faites de 1814 à 1817;
or, dans ce cas, le bien de ma mère suffisait à
peine pour sauver l'honneur de notre nom.
Ainsi, le jour où mon père parut en quelque

sorte m'avoir émancipé, je tombai sous le joug le plus odieux. Il fallut combattre comme sur un champ de bataille, travailler nuit et jour, aller voir des hommes d'état, tâcher de surprendre leur religion, tenter de les intéresser à notre affaire, les séduire, eux, leurs femmes, leurs valets, leurs chiens, et déguiser cet horrible métier sous des formes élégantes, sous d'agréables plaisanteries.

Alors je compris tous les chagrins dont la figure de mon père portait l'empreinte.

Pendant une année environ, je menai en apparence la vie d'un homme du monde ; mais cette dissipation et mon empressement à me lier avec des parens en faveur ou avec les gens qui pouvaient nous être utiles, cachaient d'immenses travaux. Mes divertissemens étaient encore des plaidoiries, et mes conversations, des mémoires...

Jusque là, j'avais été vertueux par l'impossibilité de me livrer à mes goûts de jeune homme ; mais, craignant de causer la ruine de mon père ou la mienne par une négligence, je devins mon propre despote. Je n'osais me permettre ni un plaisir ni une dépense ; car lorsque nous sommes jeunes, quand, à force de froissemens, les hommes et les choses ne nous ont point encore enlevé cette fleur de sentiment si délicate, cette vierge verdeur de pensée, cette noble et pure conscience qui ne nous laisse jamais transiger avec le mauvais, nous sentons vivement nos devoirs, notre honneur parle haut et se fait écouter ; nous sommes francs et sans détours. C'est ainsi que j'étais alors, et je voulus justifier la confiance de mon père.

Naguère, je lui aurais dérobé délicieuse-ment une chétive somme ; mais, portant avec lui le fardeau de ses affaires, de son nom, de sa maison, je lui eusse donné secrètement mes biens, mes espérances, comme je lui sacrifiais mes plaisirs... Heureux même de mon sacri-fice !... Aussi, quand M. de Villèle exhuma, tout exprès pour nous, un décret impérial sur les déchéances, et qu'il nous eut ruinés, je signai la vente de mes propriétés, n'en gar-dant qu'une île sans valeur, située au milieu de la Loire et où se trouvait le tombeau de ma mère.

Aujourd'hui, peut-être, les argumens, les détours, les discussions philosophiques, phi-lantropiques et politiques ne me manque-

raient pas pour me dispenser de faire ce que
mon avoué nommait une — *bêtise*.... Mais à
vingt et un ans, nous sommes, je le répète,
toute générosité, toute chaleur, tout amour...
Les larmes que je vis dans les yeux de mon
père furent alors, pour moi, la plus belle
des fortunes ; et le souvenir de ces larmes fait
souvent ma consolation.

Dix mois après avoir payé ses créanciers,
mon père mourut de chagrin. Il m'adorait et
m'avait ruiné. Cette idée le tua.

En 1826, à l'âge de vingt-deux ans, vers la
fin de l'automne, je suivis tout seul le convoi
de mon premier ami, de mon père... Peu de
jeunes gens se sont trouvés, seuls avec leurs
pensées, derrière un corbillard, perdus dans
Paris, sans avenir, sans fortune. Les orphelins
recueillis par la charité publique ont au moins
un père et un avenir. Leur fortune future
est le champ de bataille ; leur père, le procureur du roi, le gouvernement ou l'hospice... Moi, je n'avais rien ! — Rien !...

Trois mois après, un commissaire-priseur
me remit onze cent douze francs, produit net
et liquide de la succession paternelle. Des

créanciers m'avaient obligé de faire la vente
de notre mobilier.

Accoutumé dès ma jeunesse à donner une
grande valeur à tous les objets de luxe dont
j'étais entouré, je ne pus m'empêcher de marquer une sorte d'étonnement à l'aspect de ce
reliquat exigu.

— Oh! me dit le commissaire-priseur, tout
cela était bien *rococo!...*

Quel mot épouvantable!... Il flétrissait toutes les religions de mon enfance, et me dé-
pouillait de mes premières illusions, les plus
chères de toutes...

Ma fortune se résumait par un bordereau
de vente.

Mon avenir gisait dans un sac de toile, qui
contenait onze cent douze francs.

La société m'apparaissait en la personne
d'un huissier-priseur qui me parlait le chapeau
sur la tête.

Enfin, un valet de chambre qui me chéris-
sait, et auquel ma mère avait jadis constitué
quatre cents francs de rente viagère, me dit
en quittant la maison d'où j'étais si souvent

sorti joyeusement en voiture, pendant mon enfance :

— Soyez bien économe ! monsieur Raphaël !...

Il pleurait, le bonhomme.

XVII.

Tels sont, mon cher Émile, les événemens qui maîtrisèrent ma destinée, modifièrent mon âme, et me placèrent, jeune encore, dans la plus fausse de toutes les situations sociales.

Des liens de famille, mais faibles, m'attachaient à quelques maisons riches dont ma fierté m'aurait interdit l'accès, si le mépris et

l'indifférence ne m'en avaient déjà fermé les
portes. Ainsi, quoique parent de personnes
très-influentes et prodigues de leur protection
pour des étrangers, je n'avais ni parens ni protecteurs.

Mon âme, sans cesse arrêtée dans ses ex-
pansions, s'était repliée sur elle-même; et,
plein de franchise, de naturel, je devais paraître froid, dissimulé. Le despotisme de mon
père m'ayant ôté toute confiance en moi, j'é-
tais timide et gauche; je ne croyais pas que
ma voix pût exercer le moindre empire; je me
déplaisais; je me trouvais laid, et j'avais honte
de mon regard.

Malgré la voix intérieure qui doit soutenir
tous les hommes de talent dans leurs luttes,
et qui me criait : — Courage!..... marche!.....
Malgré les révélations soudaines de ma puissance dans la solitude, malgré l'espoir dont
j'étais animé en comparant les ouvrages nouveaux admirés du public, à ceux qui voltigeaient dans ma pensée, je doutais de moi,
comme un enfant sans mère. J'étais la proie
d'une excessive ambition, je me croyais destiné à de grandes choses et me sentais dans le
néant.

Puis, j'avais besoin des hommes, et je me trouvais sans amis; je devais me frayer une route dans le monde, et je restais seul parce que j'y étais honteux.

Pendant l'année où je fus jeté par mon père dans le tourbillon de la haute société, j'y vins avec un cœur neuf, avec une âme fraîche; et, comme tous les enfans, j'aspirai secrétement à de belles amours. Je rencontrai, parmi les jeunes gens de mon âge, une secte de fanfarons qui allaient tête levée, disant des riens, s'asseyant sans trembler près des femmes qui me semblaient les plus imposantes, leur débitant des impertinences, mâchant le bout de leurs cannes, minaudant et se prostituant à eux-mêmes les plus jolies personnes, mettant ou prétendant avoir mis leurs têtes sur tous les oreillers, ayant l'air d'être au refus du plaisir, considérant les plus vertueuses, les plus prudes comme de prise facile et pouvant être conquises à la simple parole, au moindre geste hardi, par le premier regard insolent!... Moi, je te déclare, en mon âme et conscience, que la conquête du pouvoir ou d'une grande renommée littéraire me paraissait un triomphe moins difficile à obtenir qu'un succès auprès d'une femme de haut rang, jeune, spirituelle et gracieuse. Ainsi je trouvai les troubles de mon cœur, mes sentimens, mes cultes en désaccord avec les maximes de la société. J'avais de la hardiesse, mais dans l'âme seulement, et non dans les manières. J'ai su plus tard, que les femmes ne voulaient pas être mendiées...

J'en ai beaucoup vu, que j'adorais de loin, auxquelles je livrais un cœur à toute épreuve, une âme à déchirer, une énergie qui ne s'effrayait ni des sacrifices, ni des tortures...

Elles appartenaient à des sots dont je n'aurais pas voulu pour portiers.

Que de fois, muet, immobile, j'ai admiré la femme de mes rêves, surgissant dans un bal!... Dévouant alors en pensée mon existence entière à des caresses éternelles, j'imprimais toutes mes espérances dans un regard; et je lui offrais, en extase, un amour croissant parce qu'il était vrai, profond, un amour de jeune homme qui ne demande qu'à être abusé. J'aurais, en certains momens, donné ma vie pour une seule nuit...

Eh bien! n'ayant jamais trouvé d'oreille à qui confier mes propos passionnés, de regards où reposer les miens, de cœur pour mon cœur,

j'ai vécu dans tous les tourmens d'une impuissante énergie qui se dévorait elle-même, soit
faute de hardiesse ou d'occasions, soit inexpé-
rience. Peut-être ai-je désespéré de me faire
comprendre ou tremblé d'être trop compris...
Et, cependant, j'avais un orage tout prêt à
chaque regard poli qui m'était adressé! Mais,
malgré ma promptitude à prendre ce regard
ou des mots, en apparence affectueux, comme
de tendres engagemens, je n'ai jamais osé ni
parler ni me taire. A force de sentiment, ma
parole était insignifiante, et mon silence,
stupide. J'avais sans doute trop de naïveté
pour une société factice qui ne vit qu'aux lumières, et rend toutes ses pensées avec des
phrases convenues, avec des mots dictés par
la mode; puis, je ne savais point parler en
me taisant, ni me taire en parlant.

Enfin, gardant en moi comme une torche
qui me brûlait, ayant une âme semblable à
celles que les femmes paraissent jalouses de
rencontrer, en proie à cette exaltation dont
elles sont avides, possédant l'énergie dont se
vantent les sots, je n'ai connu que des femmes
traîtreusement cruelles. Aussi, j'admirais
naïvement les héros de coterie quand ils cé-

I.   15

lébraient leurs triomphes, ne les soupçonnant
point de mensonges. J'avais sans doute le tort
de souhaiter un amour sur parole, de vouloir
trouver grande et forte, dans un cœur de
femme frivole et légère, affamée de luxe, ivre
de vanité, cette passion large, cet océan qui
battait tempestueusement dans mon cœur.

Oh! se sentir né pour aimer, pour rendre
une femme bien heureuse, et ne pas avoir
trouvé même une courageuse et noble Marce-
line, ou quelque vieille marquise!... Porter des
trésors dans une besace, et ne pouvoir rencontrer, même une enfant, quelque jeune fille
curieuse, pour les lui faire admirer... J'ai
souvent voulu me tuer de désespoir...

— Joliment tragique, ce soir!... s'écria
Émile.

— Eh! laisse-moi condamner ma vie!... répondit Raphaël, et plaider pour mon divorce
avec elle! Si ton amitié ne te donne pas la
force d'écouter mes élégies, si tu ne peux
me faire crédit d'une demi-heure d'ennui,
dors!... Mais ne me demande plus compte de
mon suicide qui gronde, qui se dresse, qui
m'appelle et que je salue. Pour juger un
homme, au moins faut-il être dans le se-

cret de sa pensée, de ses malheurs, de ses émotions. Ne vouloir connaître de l'homme que les événemens matériels, c'est faire de la chronologie!... L'histoire des sots !

Le ton amer avec lequel ces paroles furent prononcées frappa si vivement Émile que, de ce moment, il prêta toute son attention à Raphaël, en le regardant d'un air presque hébété.

— Mais, reprit le narrateur, maintenant, la lueur qui colore ces accidens leur prête un nouvel aspect. Chaque ordre de choses que je considérais jadis comme un malheur a dû engendrer les facultés, les forces dont, plus tard, je me suis enorgueilli.

La curiosité philosophique, les travaux excessifs, l'amour de la lecture, qui, depuis l'âge de sept ans jusqu'à mon entrée dans le monde, ont constamment occupé ma vie, ne m'auraient-ils pas doué de la facile puissance avec laquelle, s'il faut vous en croire, je sais rendre mes idées et aller en avant dans le vaste champ des connaissances humaines? L'abandon auquel j'étais condamné, l'habitude de refouler mes sentimens et de vivre dans mon cœur, ne m'ont-ils pas investi du pou-

voir de comparer, de méditer! Ma sensibilité
ne s'étant pas dissipée au service de ces irri-
tations mondaines, qui rapetissent la plus
belle âme et la réduisent à l'état de guenille, ne s'est-elle pas concentrée pour deve-
nir l'organe perfectionné d'une |volonté plus
haute que celle de la passion?

Méconnu par les femmes, je me souviens
de les avoir observées avec toute la sagacité
de l'amour dédaigné. Maintenant, j'en suis
certain, la sincérité de mon caractère a dû
leur déplaire! Peut-être veulent-elles un peu
d'hypocrisie?... Mais, moi, qui suis, tour-à-
tour, dans la même heure : enfant, homme,
savant, futile, penseur, sans préjugés et plein
de superstitions, souvent femme comme elles,
n'ont-elles pas dû prendre ma naïveté pour du
cynisme, la pureté même de ma pensée pour
du libertinage? La science leur était ennui; la
langueur féminine, faiblesse. Puis, cette excessive mobilité d'imagination, le malheur des
poëtes, me faisait sans doute juger comme
un être incapable d'amour, sans constance
dans les idées, sans énergie... Idiot, quand je
me taisais, je les effarouchais peut-être quand
j'essayaisde leur plaire.

Ainsi, toutes les femmes m'ont condamné.
J'ai accepté, dans les larmes et le chagrin,
l'arrêt porté par le monde. Puis, cette peine a
produit son fruit. Je voulus me venger de la
société, je voulus posséder l'âme de toutes les
femmes en me soumettant les intelligences, et
voir tous les regards fixés sur moi quand mon
nom serait prononcé par un valet à la porte
d'un salon. Je m'instituai grand homme. Dès
mon enfance, je m'étais frappé le front en me
disant comme André de Chénier: « Il y a quelque chose là!... » Je croyais sentir en moi
une pensée à exprimer, un système à établir,
une science à expliquer.

O mon cher Emile! aujourd'hui que j'ai
vingt-six ans à peine, que je suis sûr de mourir inconnu, sans avoir jamais été l'amant
d'aucune femme, laisse-moi te conter toutes
mes folies? N'avons-nous pas tous, plus ou
moins, pris nos désirs pour des réalités?...
Ah! je ne voudrais pas, pour ami, d'un jeune
homme qui ne se serait pas, dix fois dans ses
rêves, tressé des couronnes, construit de
piédestal ou destiné de ravissantes maîtresses...

Moi! j'ai souvent été général, empereur;

j'ai été Byron, puis... rien. Après avoir joué sur le faîte des choses humaines, je m'apercevais que j'avais encore toutes les montagnes, toutes les difficultés à gravir...

Cet immense amour-propre qui bouillonnait en moi, cette croyance sublime à une destinée, et qui devient du génie, peut-être, quand un homme ne se laisse pas déchiqueter l'âme par le contact des affaires comme un mouton qui abandonne sa laine aux épines des halliers où il passe; tout cela me sauva.

Je voulus me couvrir de gloire et travailler dans le silence pour la maîtresse que j'espérais avoir un jour. Toutes les femmes se résumaient par une seule; et, cette femme, je croyais la rencontrer dans la première qui s'offrait à mes regards. Mais, voyant une reine dans chacune d'elles, toutes devaient, comme les reines qui sont obligées de faire des avances à leurs amans, venir un peu au devant de moi, souffreteux, pauvre et timide.

Ah! pour celle qui m'eût plaint, j'avais dans le cœur tant de reconnaissance, outre l'amour, que je l'eusse adorée pendant toute sa vie.

Plus tard, mes observations m'ont appris de cruelles vérités. Ainsi, mon cher Emile, je

risquais de vivre éternellement seul. Les femmes sont habituées, par je ne sais quelle pente
de leur esprit, à ne voir dans un homme de talent, que ses défauts; et, dans un sot, que ses
qualités; alors, elles éprouvent de grandes
sympathies pour les qualités du sot, qui sont
une flatterie perpétuelle de leurs propres défauts; tandis que l'homme supérieur ne leur
offre pas assez d'avantages pour compenser
ses imperfections. Le talent est une fièvre
intermittente, et nulle femme n'est bien jalouse d'en partager seulement les malaises.
Toutes veulent trouver dans leurs amans des
motifs de satisfaire leur vanité; ce sont elles
encore qu'elles aiment en nous!... Or, un
homme pauvre, fier, artiste, doué du pouvoir de
créer, n'est-il pas armé d'une espèce d'égoïsme?
Il existe autour de lui je ne sais quel tourbillon
de pensées dans lequel il enveloppe même sa
maîtresse qui doit en suivre le mouvement.

Une femme adulée peut-elle croire à l'a-
mour d'un tel homme? Ira-t-elle le chercher?
Cet amant n'a pas le loisir de venir faire, autour d'un divan, ces petites singeries de sensibilité auxquelles les femmes tiennent tant,
et qui sont le triomphe des gens faux ou insen-

sibles... A peine trouve-t-il assez de temps
pour ses travaux; comment en dépenserait-il
à se rapetisser, à se chamarrer? J'aurais donné
ma vie, mais je ne l'aurais pas détaillée...

Enfin, il y a dans le manége d'un agent de
change qui fait les commissions d'une femme
pâle et minaudière, je ne sais quoi de mes-
quin dont l'artiste a horreur. Il faut plus que
de l'amour à un homme pauvre et grand, il a
besoin de dévouement. Or, les petites créatures
qui vivent de cachemires, ou se font les porte-
manteaux de la mode, n'ont pas de dévouement; elles en exigent, voyant plutôt le plaisir
dans l'amour de commander que celui d'obéir.
La véritable épouse en cœur, en chair et en
os se laisse traîner là où va celui en qui rési-
dent sa vie, sa force, sa gloire, son bonheur.
Aux hommes supérieurs, il faut des femmes
dignes d'eux, qui les comprennent... Tous
leurs malheurs viennent d'un désaccord entre
eux et ce qui les entoure. Moi, qui me croyais
homme de génie, j'aimais précisément ces
petites maîtresses.

Avec des idées si contraires aux idées reçues,
avec la prétention d'escalader le ciel sans
échelle, avec des trésors qui n'avaient pas

cours, armé de connaissances étendues dont
ma mémoire était surchargée et que je n'avais
pas encore classées, que je ne m'étais point
assimilées pour ainsi dire ; me trouvant sans
parens sans amis, seul au milieu du plus
affreux désert, un désert pavé, un désert
animé, pensant, vivant, où tout vous est bien
plus qu'ennemi... — indifférent! la résolution
que je pris était naturelle, quoique folle. Elle
comportait je ne sais quoi d'impossible qui me
donna du courage.

Ce fut comme un pari fait avec moi-même :
j'étais le joueur et l'enjeu. Voici mon plan.

XVIII.

MES onze cents francs devaient suffire à ma
vie pendant trois ans, et je m'accordais ces
trois années pour mettre au jour un ouvrage
qui pût attirer l'attention publique sur moi,
me faire une fortune, un nom.

Je me réjouissais en pensant que j'allais
vivre de pain et de lait, comme un solitaire
de la Thébaïde; restant dans le monde des

livres et des idées, dans une sphère inaccessible, au milieu de ce Paris si tumultueux, sphère de travail et de silence, où je me bâtissais, comme les chrysalides, une tombe, pour renaître brillant et glorieux... J'allais risquer de mourir pour vivre...

En réduisant l'existence à ses vrais besoins, au strict nécessaire, je trouvai que trois cent soixante-cinq francs par an devaient suffire à mon luxe de pauvreté. En effet cette maigre somme a satisfait à ma vie, tant que j'ai voulu subir ma propre discipline claustrale...

— Cela est impossible ! s'écria Emile.

— J'ai vécu près de trois ans ainsi !... répondit Raphaël avec une sorte de fierté.

— Comptons !... reprit-il. Trois sous de pain, deux sous de lait, trois sous de charcuterie m'empêchaient de mourir de faim et tenaient mon esprit dans un état de lucidité singulière. J'ai observé, comme tu sais, de merveilleux effets produits par la diète sur l'imagination.

Puis, mon logement me coûtait trois sous par jour; je brûlais pour trois sous d'huile par nuit; je faisais moi-même ma chambre; je

portais des chemises de flanelle pour ne dépenser que deux sous de blanchissage par
jour ; je me chauffais avec du charbon de terre,
dont le prix divisé par les jours de l'année,
n'a jamais donné plus de deux sous pour chacun ; enfin, j'avais des habits, du linge, des
chaussures pour trois années ; c'était assez,
ne voulant m'habiller que pour aller à certains Cours publics et aux bibliothéques.

Toutes ces dépenses réunies font dix-huit
sous ; il m'en restait deux pour les choses im-
prévues. Mais, je ne me souviens pas d'avoir,
pendant cette longue période de travail, passé
le pont des Arts, ni d'avoir jamais acheté
d'eau ; j'allais en chercher le matin, à la fon-
taine de la place Saint-Michel, au coin de la
rue des Grès. Oh! je portais ma pauvreté fiè-
rement. Un homme qui pressent un bel avenir, marche dans sa vie de misère comme un
innocent conduit au supplice, il n'a point
honte...

Je n'avais pas voulu prévoir la maladie ;
mais, comme Aquilina, j'envisageais l'hôpital
sans terreur. Je n'ai pas douté un moment de
ma bonne santé. Le pauvre ne se couche que
pour mourir.

Je me coupai moi-même les cheveux jusqu'au moment où un ange d'amour et de bonté..... Mais je ne veux pas anticiper sur la situation à laquelle j'arrive...

Apprends seulement, mon cher ami, qu'à défaut de maîtresse, je vécus avec une grande pensée, un rêve, un mensonge auquel nous commençons tous par croire, plus ou moins. Aujourd'hui, je ris de moi, de ce *moi* peut-être saint et sublime qui n'existe plus...

La société, le monde, nos usages, nos mœurs, vus de près, m'ont révélé le danger de ma croyance innocente et la superfluité de mes fervens travaux. Tout cela est inutile à l'ambitieux. Il faut peu de bagage quand on poursuit la Fortune; et, la faute des hommes supérieurs est de dépenser leurs jeunes années à se rendre dignes d'elle. Pendant qu'ils thésaurisent leurs forces et la science pour porter, un jour sans effort, le poids d'une puissance future qui les fuit; les intrigans, riches de mots et dépourvus d'idées, vont et viennent, surprennent les sots, se logent dans la confiance des demi-niais. Ainsi, les uns étudient, les autres marchent; les uns sont modestes; les autres hardis; l'homme de génie

tait son orgueil et l'intrigant met le sien tout
en dehors; celui-ci doit arriver nécessairement.
Les hommes du pouvoir ont si fort besoin de
croire au mérite tout fait, au talent effronté,
qu'il y a, chez le vrai savant, de l'enfantillage
à espérer des récompenses humaines. Je ne
cherche certes pas à paraphraser les lieux
communs de la vertu, le cantique des canti-
ques éternellement chanté par les gens qui ne
parviennent à rien, mais à déduire logiquement
la raison des fréquens succès obtenus par les
hommes médiocres.

Néanmoins, l'étude est si maternellement
bonne, qu'il y a peut-être un crime à lui demander des récompenses, autres que les pures et
douces joies dont elle nourrit ses enfans. Je me
souviens d'avoir souvent mangé délicieusement
et gaiement mon pain, mon lait, assis auprès
de ma fenêtre, en respirant l'air du ciel, en laissant planer mes yeux sur un paysage de toits
bruns, grisâtres, rouges, en ardoises, en tuiles,
couverts de mousses jaunes ou vertes.

Si, d'abord, cette vue me parut monotone,
bientôt j'y découvris de singulières beautés.
Tantôt, le soir, des raies lumineuses, parties
des volets mal fermés, nuançaient et animaient

les noires profondeurs de ce pays original.
Tantôt les lueurs pâles des reverbères projet-
taient d'en bas des reflets jaunâtres à travers
le brouillard, et accusaient faiblement les
rues dans les ondulations de ces toits pressés,
océan de vagues immobiles. Puis, parfois de
rares figures apparaissaient au milieu de ce
morne désert : c'était, parmi les fleurs de quelque jardin aérien, le profil anguleux et crochu
d'une vieille femme arrosant des capucines ;
ou, dans le cadre d'une lucarne pourrie, quelque jeune fille faisant sa toilette, se croyant
seule, et dont je n'apercevais que la jolie tête
et les longs cheveux élevés en l'air par un
bras éblouissant de blancheur. J'admirais dans
les gouttières quelques végétations éphémères, pauvres herbes bientôt emportées par
un orage ! J'étudiais les mousses, leurs couleurs ravivées par la pluie, et qui, sous le soleil, se changeaient en un velours sec et brun
à reflets capricieux... Enfin, les poétiques et
changeans effets du jour, les tristesses du
brouillard, les soudains pétillemens du soleil,
le silence, les magies de la nuit, les mystères
de l'aurore, les fumées de chaque cheminée,
tous les accidens de cette singulière nature

m'étaient devenus familiers et me divertissaient. J'aimais ma prison, peut-être parce
qu'elle était volontaire... Ces savanes de Paris
formées par des toits nivelés comme une
plaine, mais qui couvraient des abîmes peu-
plés, allaient à mon âme et s'harmoniaient
avec mes pensées. — Il est fatiguant de retrouver brusquement le monde quand nous
descendons des hauteurs célestes où nous en-
traînent les méditations scientifiques : aussi,
ai-je alors merveilleusement conçu la nudité
des monastères...

XIX.

QUAND ma résolution de vivre ainsi, fut prise, je cherchai mon logis dans les quartiers les plus déserts de Paris. Un soir, revenant de l'Estrapade, je passai par la rue des Cordiers pour retourner chez moi.

A l'angle de la rue de Cluny, j'aperçus une petite fille d'environ quatorze ans, qui jouait au volant avec une de ses camarades. Leurs rires et leurs espiégleries amusaient les voisins. Il faisait beau, la soirée était chaude, le mois de septembre durait encore. Devant chaque porte, il y avait des femmes assises et devisant comme dans une ville de province par un jour de fête. Je remarquai d'abord la jeune fille dont la physionomie était d'une admirable expression, et le corps, tout posé pour un peintre; c'était une scène ravissante. Puis, cherchant la cause de cette bonhommie au milieu de Paris, je remarquai que la rue n'aboutissant à rien, ne devait pas être très-passante. Me rappelant le séjour de J.-J. Rousseau dans cette rue, j'aperçus l'hôtel Saint-Quentin; et l'état de délabrement dans lequel il se trouvait, me faisant espérer d'y rencontrer le gîte peu coûteux que je désirais, je voulus le visiter.

En entrant dans une chambre basse, je vis les classiques flambeaux de cuivre garnis de leurs chandelles et méthodiquement rangés au dessus de chaque clef; mais je fus frappé de la propreté qui régnait dans cette salle, ordinairement assez mal tenue partout. Elle était peignée comme un tableau de genre, et les ustensiles, les meubles, le lit bleu avaient la coquetterie d'une nature de convention. La maîtresse de l'hôtel, femme de quarante ans enyiron, se leva, et vint à moi. Il y avait des malheurs écrits dans ses traits, et son regard était comme terni par des pleurs. Je lui soumis humblement le tarif de mon loyer. Sans en paraître étonnée, elle chercha une clef parmi toutes les autres.

Alors, elle me conduisit dans les mansardes de sa maison et m'y montra une chambre qui avait vue sur les toits, sur les cours obscures des hôtels garnis du voisinage, et par les fenêtres desquelles passaient de longues perches chargées de linge..... Rien n'était plus horrible.

Cette mansarde aux murs jaunes et sales sentait la misère et appelait un savant. La toiture s'en abaissait irrégulièrement et les tuiles disjointes y laissaient voir le ciel.... Il y avait place pour un lit, une table, quelques chaises; et, sous l'angle obtus du toit, je pouvais loger mon piano. N'étant pas assez riche pour meubler cette cage digne des *plombs* de Venise, la pauvre femme n'avait jamais pu la louer. Or, ayant précisément excepté, de la vente mobilière que je venais de faire, les objets qui m'étaient en quelque sorte personnels, je fus bientôt d'accord avec mon hôtesse, et le lendemain je m'installai chez elle.

Je vécus dans ce sépulcre aérien pendant près de trois ans, travaillant nuit et jour sans relâche, avec tant de plaisir que l'étude me semblait être le plus beau thème, la plus heureuse solution d'une vie humaine.....

Le calme et le silence nécessaires au savant, ont je ne sais quoi de doux, d'enivrant comme l'amour. L'exercice de la pensée, la recherche des idées, les contemplations tranquilles de la science nous prodiguent d'ineffables délices, indescriptibles comme tout ce qui participe de l'intelligence dont les phénomènes sont invisibles à nos sens extérieurs; aussi, sommes-nous toujours forcés d'expliquer les mystères de l'esprit par des comparaisons avec la matière. Ainsi, le plaisir de nager dans un lac d'eau pure, au milieu des rochers, des bois, des fleurs, seul, caressé par une brise tiède, donnerait aux ignorans une bien faible image du bonheur que j'éprouvais quand mon âme était baignée dans les lueurs de je ne sais

quelle lumière, quand j'écoutais les voix terribles et confuses de l'inspiration, quand les
images ruisselaient d'une source inconnue
dans mon cerveau palpitant. Oh! voir une
idée pointant dans le vide des abstractions
humaines comme le lever du soleil au matin,
s'élevant comme lui, jetant des rayons; ou
mieux encore, enfant, adulte, homme et bien
exprimée, bien vivante... est une joie égale
aux autres joies terrestres ou plutôt un divin
plaisir. Puis, l'étude prête une sorte de magie
à tout ce qui nous environne.

Le bureau chétif sur lequel j'écrivais et la
basane brune dont il était couvert, mon
piano, mon lit, mon fauteuil, les bizarreries
de mon papier de tenture, mes meubles, toutes ces choses s'animèrent, et devinrent pour
moi d'humbles amis, les complices silencieux
de mon avenir... Que de fois, en les regardant,
je leur ai communiqué mon âme!... Souvent,
en laissant voyager mes yeux sur une moulure
déjetée, je rencontrais des développemens
nouveaux, une preuve frappante de mon système ou des mots que je croyais heureux pour
rendre des pensées presque intraduisibles...
A force de contempler les objets dont j'étais

entouré je trouvais à chacune une physionomie, un caractère, et souvent ils me parlaient. Si, par dessus les toits, le soleil couchant
me jetait à travers mon étroite fenêtre une
lueur furtive, ils se coloraient, ils avaient des
caprices, ils pâlissaient, brillaient, s'attris-
taient ou s'égayaient, me surprenant toujours
par une multitude d'effets originaux.

Ces menus accidens de la vie solitaire
échappent aux préoccupations du monde,
mais ils sont la consolation des prisonniers.
Or, j'étais captivé par une idée, emprisonné
dans un système, mais soutenu par la perspective d'une vie glorieuse.

Aussi, à chaque difficulté vaincue, je bai-
sais les mains douces et polies de la femme
aux beaux yeux, élégante, riche, qui devait
un jour caresser mes cheveux en me disant
avec attendrissement :

— Tu as bien souffert, pauvre ange !...

J'avais entrepris deux grandes œuvres.
D'abord, une comédie qui devait me donner, en peu de jours, une renommée, une
fortune, et l'entrée de ce monde où je voulais reparaître en homme remarquable.

Vous avez tous vu dans mon chef-d'œuvre

la première erreur d'un jeune homme qui sort du collége, une véritable niaiserie d'enfant..... Vos plaisanteries ont détruit de fécondes illusions, qui, depuis, ne se sont plus réveillées.

Mais, toi seul, mon cher Émile, as calmé la plaie profonde que d'autres firent à mon cœur. Tu admiras ma *Théorie de la volonté...* ce long ouvrage, pour lequel j'avais appris les langues orientales, l'anatomie, et auquel j'avais consacré la plus grande partie de mon temps ; œuvre qui, si je ne me trompe, doit compléter les travaux de Lavater, de Gall, de Bichat, en ouvrant une nouvelle route à la science humaine...

Là s'arrête ma belle vie, cette vie secrète, ce sacrifice de tous les jours, ce travail de ver-à-soie inconnu au monde et dont la seule récompense est peut-être dans le travail même.

Depuis l'âge de raison jusqu'au jour où j'eus terminé ma *théorie*, j'ai observé, appris, écrit, lu sans relâche, et ma vie fut comme un long *pensum*.

Amant efféminé de la paresse orientale, amoureux de mes rêves, sensuel, j'ai tou-

jours travaillé, me refusant à toutes les jouissances de la vie. Gourmand, j'ai été sobre.
Aimant et la marche et les voyages maritimes,
désirant visiter plusieurs pays, trouvant encore du plaisir à faire, comme un enfant, ri-
cocher des cailloux sur l'eau, je suis resté
constamment assis, une plume à la main. Bavard, j'allais écouter en silence les professeurs aux Cours publics de la Bibliothéque et
du Muséum. J'ai dormi sur mon grabat solitaire comme un religieux de l'ordre de
Saint-Maur; et la femme était cependant ma
seule chimère, une chimère que je caressais
et qui me fuyait toujours.

Enfin, ma vie a été une cruelle antithèse,
un perpétuel mensonge. Puis, jugez donc les
hommes!...

Parfois tous mes goûts naturels se réveillaient comme un incendie long-temps couvé.
Alors, par une sorte de mirage ou de calen-
ture, je me voyais, moi, veuf, dénué de tout
et dans une mansarde d'artiste, entouré de
femmes ravissantes; je courais à travers les
rues de Paris, couché sur les moelleux coussins d'un brillant équipage; j'étais rongé de
vices, plongé dans la débauche, voulant tout,

ayant tout. J'étais ivre, à jeun... C'était la
tentation de saint Antoine. Heureusement le
sommeil finissait par engloutir toutes ces visions dévorantes. Le lendemain, la Science
m'appelait en souriant, et je lui étais fidèle.

J'imagine que les femmes dites vertueuses
doivent être souvent la proie de ces tourbil-
lons de folie, de désirs et de passions qui s'é-
lèvent en nous, malgré nous. Ces rêves ne
sont pas sans charmes. Ils ressemblent à ces
causeries du soir, en hiver, quand nous partons, de notre foyer, pour la Chine. Mais
qu'est-ce que devient la vertu, pendant ces
délicieux voyages où la pensée franchit tous
les obstacles ?...

XX.

PENDANT les dix premiers mois de ma ré-
clusion, je menai la vie pauvre et solitaire que
je t'ai dépeinte, allant chercher moi-même,
dès le matin et sans être vu, mes provisions
pour la journée; faisant ma chambre; étant
tout ensemble, le maître, le serviteur, et dio-
génisant avec une incroyable fierté.

Mais après ce temps, pendant lequel l'hôtesse et sa fille espionnèrent mes mœurs et
mes habitudes, examinèrent ma personne
et comprirent ma misère peut-être, parce
qu'elles étaient elles-mêmes fort malheureu-
ses, il s'établit quelques liens entre elles et
moi.

La petite Pauline, cette charmante créature, dont les grâces naïves et secrètes m'a-
vaient en quelque sorte amené là, me rendit
quelques services qu'il me fut impossible de
refuser. Toutes les infortunes sont sœurs,
elles ont le même langage, la même générosité, la générosité de ceux qui, ne possédant
rien, sont prodigues de sentiment, paient de
leur temps et de leur personne.

Insensiblement Pauline s'impatronisa chez
moi. Elle voulut me servir, et sa mère ne s'y
opposa point. Je vis la mère elle-même rac-
commodant mon linge et rougissant d'être
surprise à cette charitable occupation. Malgré
moi, je devins leur protégé, j'acceptai leurs
services.

Pour comprendre cette singulière amitié,
il faut connaître l'emportement du travail,
la tyrannie des idées et cette répugnance ins-

tinctive dont l'homme qui vit de la pensée
est saisi pour tous les détails de la vie mécanique.

Pouvais-je résister à la délicate attention
avec laquelle Pauline m'apportait, à pas muets,
mon repas frugal, quand elle s'apercevait que,
depuis sept ou huit heures, je n'avais presque
rien pris ?...

Avec les grâces de la femme et de l'enfance,
elle me souriait, me faisant de la main un
signe pour me dire que je ne devais pas la
voir. C'était Ariel se glissant comme un sylphe
sous mon toit, et prévoyant mes besoins.

Un soir, Pauline me raconta son histoire
avec une ravissante ingénuité. Son père était
chef d'escadron dans les grenadiers à cheval
de la garde impériale. Au passage de la Béré-
sina, il avait été fait prisonnier par les Russes. Plus tard, quand Napoléon proposa de
l'échanger, les autorités russes le firent vainement chercher en Sibérie. Au dire des autres prisonniers, il s'était échappé avec le projet d'aller aux Indes.

Depuis ce temps, madame Gaudin, mon
hôtesse, n'avait pu obtenir aucune nouvelle
de son mari. Les désastres de 1814 et 1815

étant arrivés, se trouvant seule, sans ressources et sans secours, elle avait pris le parti de tenir un hôtel garni, pour faire vivre sa fille. Elle espérait toujours revoir son mari.

Son plus cruel chagrin était de laisser Pauline sans éducation, sa Pauline, filleule de la princesse Borghèse, et qui n'aurait pas dû mentir aux belles destinées promises par sa royale protectrice.

Quand madame Gaudin me confia cette amère douleur qui la tuait, et qu'elle me dit avec un accent déchirant :

— Je donnerais bien et le chiffon de papier qui a créé Gaudin baron de l'empire, et le droit que nous avons à la dotation de Wistchnau, pour savoir Pauline élevée à Saint-Denis. Ah! si l'empereur vivait...

Tout à coup, je tressaillis et j'eus l'idée, pour reconnaître tous les soins dont j'étais devenu l'objet, de m'offrir à faire l'éducation de Pauline. La candeur avec laquelle on accepta ma proposition fut égale à la naïveté qui me la dictait.

J'eus ainsi des heures de récréation. Pauline avait les plus heureuses dispositions. Apprenant avec facilité, elle devint bientôt plus

forte que moi sur le piano. Elle était toute
grâce, toute gentillesse. Elle m'écoutait avec
recueillement, arrêtant sur moi ses yeux noirs
et veloutés qui semblaient sourire. Elle répétait ses leçons d'un accent doux et caressant,
témoignant une joie enfantine quand j'étais
content d'elle. Sa mère, chaque jour plus inquiète d'avoir à préserver de tout danger une
jeune fille qui développait, en croissant, toutes
les promesses faites par ses grâces d'enfance,
la vit avec plaisir, s'enfermer pendant toute
la journée, pour lire et apprendre des leçons.
Mon piano étant le seul dont elle pût se servir, elle profitait de mes absences pour étu-
dier.

Quand je rentrais, je la trouvais chez moi,
dans la toilette la plus modeste; mais au
moindre mouvement qu'elle faisait, sa taille
élégante et souple, les attraits de sa personne
se révélaient sous l'étoffe grossière dont elle
était vêtue. Elle avait un pied mignon dans
d'ignobles souliers. C'était l'héroïne du conte
de Peau-d'Ane, une reine en esclavage.

Mais ses jolis trésors, sa richesse de jeune
fille, tout ce luxe de beauté fut comme perdu
pour moi. Je m'étais ordonné à moi-même de

voir en Pauline une sœur. J'aurais eu horreur de tromper la confiance de sa mère.

Ainsi, j'admirais cette charmante fille comme
un tableau, comme le portrait d'une maîtresse
morte. C'était mon enfant, ma statue ; et,
Pygmalion nouveau, je voulais faire, d'une
vierge vivante et colorée, sensible et parlante,
—un marbre. J'étais très-sévère avec elle ;
mais plus je lui faisais éprouver les effets de
mon despotisme magistral, plus elle devenait
douce et soumise.

Si je fus encouragé dans ma retenue et dans
ma continence par des sentimens nobles, les
raisons de procureur ne me manquèrent pas.
Je ne comprends point la probité des écus,
sans la probité de la pensée. Tromper une
femme ou faire faillite, a toujours été même
chose pour moi. Aimer une jeune fille ou se
laisser aimer par elle, constitue un vrai contrat, dont les conditions doivent être bien en-
tendues. Nous sommes maîtres d'abandonner
la femme qui se vend, mais non pas la jeune
fille qui se donne, car elle ignore l'étendue de
son sacrifice... Ainsi, j'aurais épousé Pauline,
et c'eût été une folie. N'était-ce pas livrer une
âme douce et vierge à d'effroyables malheurs ?..

Mon indigence parlait d'une voix puissante, et
venait toujours mettre sa main de fer entre
cette chère créature et moi...

Puis, j'avoue à ma honte que je ne conçois
pas l'amour dans la misère. Peut-être est-ce,
en moi, dépravation due à cette maladie humaine que nous nommons la Civilisation; mais
une femme, fût-elle aussi ravissante que la
belle Hélène, la Galathée d'Homère, n'a plus
aucun pouvoir sur mes sens, si peu qu'elle
soit crottée. Ah! vive l'amour dans la soie,
sur le cachemire, entouré des merveilles du
luxe, qui le parent merveilleusement bien,
parce que lui-même est un luxe peut-être.
J'aime à froisser, sous mes désirs, de pimpan-
tes toilettes, à briser des fleurs, à porter une
main dévastatrice dans les élégans édifices
d'une coiffure embaumée... Des yeux brûlans
cachés par un voile de dentelle que les regards
déchirent comme la flamme perce la fumée du
canon, m'offrent de fantastiques attraits. A
mon amour, il faut des échelles de soie, mon-
tées en silence, par une nuit d'hiver. Quel plaisir d'arriver couvert de neige, dans une chambre éclairée par des parfums, tapissée d'or,
de soies peintes... Et la femme aussi secoue de

la neige... Quel autre nom donner à ces voiles
de voluptueuses mousselines à travers lesquelles elle se dessine vaguement comme un
ange dans son nuage?... Et il me faut encore
un craintif bonheur, une audacieuse sécurité...
Enfin, je veux revoir cette femme mystérieuse;
mais éclatante, mais au milieu du monde, mais
vertueuse, environnée d'hommages, vêtue de
dentelles, de diamans, donnant ses ordres à la
Ville, et si haut placée et si imposante que
nul n'ose lui adresser de vœux... Puis, elle me
jette un regard à la dérobée, un regard qui
dément tout cela, un regard qui me sacrifie
le monde et les hommes!...

Certes, je me suis vingt fois trouvé ridicule
d'aimer quelques aunes de blonde, du velours, de fines batistes, les tours de force
d'un coiffeur, des bougies, un carrosse, un
titre, d'héraldiques couronnes peintes par des
vitriers ou fabriquées par un orfévre, enfin
tout ce qu'il y a de factice et de moins *femme*
dans la femme. Je me suis moqué de moi, je
me suis raisonné. Tout a été vain. Une femme
aristocratique avec son sourire fin, la distinc-
tion de ses manières, et son respect d'elle-
même, m'enchante. Quand elle met une bar-

1.   17

rière entre elle et le monde, elle flatte en moi
toutes les vanités qui sont la moitié de l'a-
mour. Enviée par tous, ma félicité me paraît
avoir plus de saveur, plus de goût. En ne faisant rien de ce que font les autres femmes;
en ne marchant pas, ne vivant pas comme
elles; en s'enveloppant dans un manteau qu'elles ne peuvent avoir; en respirant des parfums
à elle; ma maîtresse me semble être bien
mieux à moi. Plus elle s'éloigne de la terre,
même dans ce que l'amour a de terrestre, et
plus elle s'embellit à mes yeux. En France,
heureusement pour moi, nous sommes depuis vingt ans sans reine, car j'eusse aimé la
reine!...

Pour avoir les façons d'une princesse, une
femme doit être riche. Or, en présence de mes
romanesques fantaisies, qu'était Pauline?...
Pouvait-elle me vendre des nuits qui coûtent
la vie, un amour qui tue, et met en jeu toutes
les facultés humaines... Nous ne nous tuons
guère pour de pauvres filles qui se donnent...

Je n'ai jamais pu détruire ces sentimens ni
ces rêveries de poëte... J'étais né pour l'amour
impossible, et le hasard a voulu que je fusse
servi par delà mes souhaits.

Aussi, que de fois j'ai vêtu de satin les pieds mignons de Pauline; emprisonné sa taille, svelte comme un jeune peuplier, dans une robe de gaze; jeté sur son sein une légère écharpe; lui faisant fouler les tapis de son hôtel, et la conduisant à une voiture élégante... Je l'eusse adorée ainsi. Je lui donnais une fierté qu'elle n'avait pas; je la dépouillais de toutes ses vertus, de ses grâces naïves, de son délicieux naturel, de son sourire ingénu, pour la plonger dans le Styx de nos vices et lui rendre le cœur invulnérable, pour la farder de nos crimes, pour en faire la poupée fantasque de nos salons, une femme fluette qui se couche au matin pour renaître le soir, à l'aurore des bougies... Elle était tout sentiment, toute fraîcheur, je la voulais sèche et froide.

Dans les derniers jours de ma vie le souvenir m'a montré Pauline, comme il nous peint les scènes de notre enfance; et, plus d'une fois, je suis resté attendri, songeant à de délicieux momens : soit que je la revisse, assise près de ma table, occupée à coudre, paisible, silencieuse, recueillie et faiblement éclairée par le jour qui, descendant de ma lucarne, dessinait de légers reflets argentés sur sa belle chevelure noire; soit que j'entendisse son rire jeune, sa voix d'un timbre riche quand elle chantait les gracieux cantilènes qu'elle composait sans efforts. Souvent elle s'exaltait en faisant de la musique; et alors, sa figure ressemblait d'une manière frappante à la noble tête par laquelle Carlo Dolci a voulu représenter la Poésie ou l'Italie...

Ma cruelle mémoire me jetait cette jeune fille à travers les folies de mon existence comme un remords, comme une image de la vertu! Mais laissons la pauvre enfant à sa destinée! Si malheureuse qu'elle puisse être, au moins l'aurai-je mise à l'abri d'un effroyable orage, en évitant de la traîner dans mon enfer.

XXI.

Jusqu'à l'hiver dernier, ma vie fut la vie tranquille et studieuse dont j'ai tâché de te donner une faible image. Dans les premiers jours du mois de décembre 1829, je rencontrai Rastignac.

Malgré le misérable état de mes vêtemens,

il me donna le bras et s'enquit de ma fortune avec un intérêt vraiment fraternel...

Alors, je lui racontai brièvement et ma vie et mes espérances.

Il se mit à rire, me traita tout à la fois d'homme de génie et de sot. Sa voix gasconne, son expérience du monde, l'opulence qu'il devait à son savoir-faire, agirent sur moi d'une manière irrésistible.

Il me fit mourir à l'hôpital, méconnu comme un niais, conduisit mon propre convoi, me jeta dans le trou des pauvres. Il me parla de charlatanisme. Avec cette verve aimable qui le rend si séduisant, si entraînant, il me montra tous les hommes de génie comme des charlatans, et me déclara que j'avais un sens de moins, une cause de mort, si je restais, seul, rue des Cordiers. Selon lui, je devais aller dans le monde, égoïser adroitement, habituer les gens à prononcer mon nom et me dépouiller moi-même de l'humble *monsieur* qui messeyait à un grand homme de son vivant.

— Les imbéciles, s'écria-t-il, nomment ce

métier-là, *intrigue*; les gens à morale le pro-
scrivent sous le mot de *vie dissipée*. Ne nous
arrêtons pas aux hommes : interrogeons les
choses et les résultats. Toi, tu travailles?...
Eh bien, tu ne feras jamais rien !

La dissipation, mon cher, est un système
politique. La vie d'un homme occupé à manger sa fortune devient souvent une spéculation. Il place ses capitaux, en amis, en plaisirs,
en protecteurs, en connaissances... Un négociant risque-t-il un million?... Pendant vingt
ans, il ne dort, ni ne boit, ni ne s'amuse; il
couve son million; il le fait trotter par toute
l'Europe; il s'ennuie, se donne à tous les démons que l'homme a inventés; puis, une faillite le laisse souvent sans un sou, sans un
nom, sans un ami. Le dissipateur, lui, s'amuse
à vivre, à faire courir ses chevaux; et si, par
hasard, il perd ses capitaux, il a la chance
d'être nommé receveur général, de se marier,
d'être attaché à un ministre, à un ambassadeur... Il a encore des amis, une réputation,
et toujours de l'argent... Connaissant les ressorts du monde, il les manœuvre à son profit.
Ceci est-il logique, ou ne suis-je qu'un
fou?..... N'est-ce pas là la moralité de la

comédie qui se joue tous les jours dans le monde?....

— Ton ouvrage est achevé, reprit-il après une pause. Tu as un talent immense!... Eh bien! ce n'est rien. Voilà le point de départ. Il faut maintenant faire ton succès toi-même, cela est plus sûr. Tu iras conclure des alliances avec les coteries, conquérir des prôneurs.... Moi, je veux me mettre de moitié dans ta gloire, être le bijoutier qui aura monté ton diamant.

— Pour commencer, dit-il, sois ici demain soir. Je te présenterai dans une maison où va tout Paris, notre Paris à nous : les beaux, les gens à millions, les célébrités, enfin les hommes qui parlent d'or comme Chrysostome. Quand ils ont adopté un livre, le livre devient à la mode; et, s'il est réellement bon, ils ont donné quelque brevet de génie sans le savoir. Si tu as de l'esprit, mon cher enfant, tu feras toi-même la fortune de ta *Théorie*, en comprenant mieux la théorie de la fortune... En un mot, demain soir, tu verras Fœdora! la belle comtesse Fœdora, la femme à la mode.

— Je n'en ai jamais entendu parler.

—Tu es un Caffre !... dit Rastignac en riant. Ne pas connaître Fœdora !... Une femme à marier qui possède près de quatre-vingt mille livres de rentes, et qui ne veut de personne ou dont personne ne veut !... Espèce de problème féminin, une Parisienne à moitié Russe, une Russe à moitié Parisienne !... Une femme chez laquelle s'éditent toutes les productions romantiques qui ne paraissent pas... La plus belle femme de Paris, la plus gracieuse... Tu n'es même pas un Caffre, tu es la bête intermédiaire qui sépare le Caffre de l'animal. Adieu, à demain...

Il fit une pirouette et disparut sans attendre ma réponse, n'admettant pas qu'un homme raisonnable pût refuser d'être présenté à Fœdora.

Comment expliquer la fascination d'un nom !...

FŒDORA !...

Ce nom me poursuivit comme une mauvaise pensée, avec laquelle on cherche à transiger !... Une voix me disait :

— Tu iras chez Fœdora !

Et j'avais beau me débattre avec cette voix

et lui crier qu'elle mentait, elle écrasait tous
mes raisonnemens avec ce nom :

— Fœdora.

Mais ce nom, cette femme étaient le symbole de tous mes désirs et le thème de ma vie.
Le nom réveillait les poésies artificielles du
monde, en faisait briller les fêtes, la vanité,
les clinquans ; la femme m'apparaissait avec
tous les problèmes de passion dont je m'étais
affolé. Ce n'était peut-être ni la femme ni le
nom, mais tous mes vices qui se dressaient
debout dans mon âme pour me tenter de nouveau.

La comtesse Fœdora, riche et sans amant,
résistant à des séductions parisiennes !....
C'était l'incarnation de mes espérances, de
mes visions. Je me créai une femme, je la des-
sinai dans ma pensée, je la rêvai.

Pendant la nuit, je ne dormis pas, je devins son amant; je fis tenir une vie entière,
une vie d'amour dans peu d'heures, j'en sa-
vourai les fécondes et pures délices.

Le lendemain, incapable de soutenir le
supplice d'attendre longuement la soirée,

j'allai louer un roman, et je passai la journée
à le lire, me mettant ainsi dans l'impossibilité
de penser, de mesurer le temps. Pendant ma
lecture, le nom de Fœdora retentissait en
moi, comme un son que l'on entend dans le
lointain, qui ne vous trouble pas, mais qui
se fait écouter...

Je possédais heureusement encore, un habit
noir et un gilet blanc assez honorables; puis,
de toute ma fortune, il me restait environ
trente francs que j'avais semés dans mes har-
des, dans mes tiroirs, afin de mettre entre
une pièce de cent sous et mes fantaisies, la
barrière imposante d'une recherche et les
hasards d'une *circumnavigation* dans ma
chambre.

Au moment de m'habiller, je poursuivis
mon trésor à travers un océan de papiers. La
rareté du numéraire peut te faire concevoir
tout ce que mes gants et mon fiacre empor-
tèrent de richesses : ils mangèrent le pain de
tout un mois. Mais nous ne manquons jamais
d'argent pour nos caprices; nous ne discu-
tons que le prix des choses utiles ou nécessaires. Nous jetons l'or avec insouciance à des
danseuses, et nous marchandons un ouvrier

dont la famille affamée attend le paiement
d'un mémoire. Il semble que nous n'achetions
jamais le plaisir assez chèrement.

Je trouvai Rastignac fidèle au rendez-vous.
Il sourit de ma métamorphose, m'en plaisan-
ta; puis, tout en allant chez la comtesse,
il me donna de charitables conseils sur la manière de me conduire avec elle. Il me la pei-
gnit avare, vaine et défiante; mais avare avec
faste, vaine avec simplicité, défiante avec
bonhomie.

 — Tu connais mes engagemens, me dit-il.
Tu sais combien je perdrais à changer d'a-
mour. En observant Fœdora, j'étais désinté-
ressé, de sang-froid, mes remarques doivent
être justes. Or, en pensant à te présenter chez
elle, je songeais à ta fortune : ainsi, prends
garde à tout ce que tu lui diras. Elle a une
mémoire cruelle. Elle est d'une adresse à désespérer un diplomate, à deviner le moment
où il dit vrai. Entre nous, je crois qu'elle n'a
jamais été mariée. L'ambassadeur de Russie
s'est mis à rire quand je lui ai parlé d'elle; il
ne la reçoit pas et la salue fort légèrement
quand il la rencontre au bois. Cependant,
elle est de la société de madame de F..., va

chez mesdames de N..., de V... En France, sa
réputation est intacte. La maréchale de ***, la
plus *collet-monté* de toute la coterie Bonapar-
tiste, va souvent passer avec elle la belle saison
à sa terre. Beaucoup de jeunes fats et même le
d'un fils pair de France, lui ont offert un nom
en échange de sa fortune : elle les a tous poli-
ment éconduits. Peut-être sa sensibilité ne
commence-t-elle qu'au titre de comte! N'es-tu
pas marquis?... Ainsi, marche en avant si elle
te plaît! Voilà ce que j'appelle *donner des
instructions.*

Cette plaisanterie me fit croire que Rastignac voulait rire et piquer ma curiosité, de
sorte que ma passion improvisée était arrivée
à son paroxisme quand nous nous arrêtâmes
devant un péristyle orné de fleurs. En montant un vaste escalier tapissé, où je remarquai
toutes les recherches du *comfortable* anglais,
le cœur me battit; et j'en rougissais; car je
démentais mon origine, mes sentimens, ma
fierté. J'étais sottement bourgeois. Mais je
sortais d'une mansarde, après trois années de
pauvreté, ne sachant pas encore mettre au
dessus des bagatelles de la vie, ces trésors
acquis, ces immenses capitaux intellectuels

qui vous font riche en un moment, quand
le pouvoir tombe entre vos mains, sans vous
écraser parce que l'étude vous a formé d'a-
vance aux luttes politiques.

XXII.

J'aperçus une femme d'environ vingt-deux ans, de moyenne taille, vêtue de blanc, entourée d'un cercle d'hommes, mollement couchée sur une ottomane, et tenant à la main un écran de plumes.

En voyant entrer Rastignac, elle se leva, vint à nous; et, souriant avec grâce, elle me

fit, d'une voix singulièrement mélodieuse,
un compliment sans doute apprêté. Notre
ami m'avait annoncé comme un homme de
talent. Son adresse et son emphase gasconne
me procurèrent un accueil flatteur. Je fus
l'objet d'une attention particulière dont je
devins confus; mais Rastignac avait heureusement parlé de ma modestie. Je rencontrai
là des savans, des gens de lettres, d'anciens
ministres, des pairs de France.

La conversation reprit son cours quelque
temps après mon arrivée; et, sentant que j'a-
vais une réputation à soutenir, je me rassu-
rai; puis, je tâchai, sans abuser de la parole
quand elle m'était accordée, de résumer les
discussions par des mots plus ou moins inci-
sifs, tantôt profonds, tantôt spirituels. Je pro-
duisis quelque sensation; et, pour la première fois de sa vie, Rastignac fut prophète.

Quand il y eut assez de monde pour que
chacun retrouvât sa liberté, mon introduc-
teur me donna le bras et nous nous prome-
nâmes dans les appartemens.

— N'aie pas l'air d'être trop émerveillé
de la princesse, me dit-il; car elle pourrait
deviner le motif de ta visite...

Les salons étaient meublés avec un goût exquis. J'y vis des tableaux de choix. Chaque pièce avait, comme chez les Anglais les plus opulens, son caractère particulier; et, alors, la tenture de soie, les agrémens, la forme des meubles, le moindre décor s'harmoniait avec la pensée première. Ainsi, dans un boudoir gothique, dont les portes étaient cachées par des rideaux en tapisserie, les encadremens de l'étoffe, la pendule, les dessins du tapis étaient gothiques; le plafond, formé de solives brunes sculptées, présentait à l'œil des caissons pleins de grâce et d'originalité; les boiseries en étaient artistement travaillées; et rien ne détruisait l'ensemble de cette jolie décoration, pas même les croisées, dont les vitraux étaient coloriés et précieux.

Je fus surpris à l'aspect d'un petit salon moderne, où je ne sais quel artiste avait épuisé la science de notre décor si léger, si frais, si suave, sans éclat, et sobre de dorures. C'était amoureux et vague comme une ballade allemande, un petit réduit taillé pour une passion de 1827, embaumé par des jardinières pleines de fleurs rares, et à la suite duquel j'aperçus en enfilade, une pièce do-

I.   18

rée, où revivait le goût du siècle de Louis XIV,
et qui, opposé à nos peintures actuelles, produisait un bizarre, mais agréable contraste.

— Ici, tu seras assez bien logé!... me dit
Rastignac avec un sourire où perçait une légère ironie. N'est-ce pas séduisant?... ajouta-
t-il en s'asseyant.

Mais, tout à coup il se leva, me prit par la
main, et me conduisit à la chambre à coucher;
puis, me montrant, sous un dais de mousseline et de moire blanches, un lit voluptueux,
doucement éclairé, le vrai lit d'une jeune fée
fiancée à un génie :

— N'y a-t-il pas, s'écria-t-il à voix basse,
de l'impudeur, de l'insolence, de la coquetterie outre mesure à nous laisser contempler
ce trône de l'amour?... Ne se donner à personne et permettre à tout le monde de mettre
là sa carte!... Ah! si j'étais libre, je voudrais
voir cette femme soumise et pleurant à ma
porte...

— Es-tu donc si certain de sa vertu?...

— Les plus audacieux de nos maîtres, les
plus habiles ont échoué, l'ont avoué, lui sont
restés fidèles, l'aiment encore et sont ses

amis dévoués... Cette femme n'est-elle pas une énigme?

Ces paroles excitèrent en moi une sorte d'ivresse. Ma jalousie craignait déjà le passé. Tressaillant d'aise, je revins précipitamment dans le salon où j'avais laissé la comtesse. Je la rencontrai dans le boudoir gothique. Elle m'arrêta par un sourire, me fit asseoir près d'elle, me questionna sur mes travaux, et parut s'y intéresser vivement quand, au lieu de vanter en langage de professeur l'importance de ma découverte, je lui traduisis mon système en plaisanteries.

Je la fis beaucoup rire en lui disant que la volonté humaine était une force matérielle, semblable à la vapeur; et que, dans le monde moral, rien ne résistait à cette puissance quand un homme s'habituait à la concentrer, à en manier la somme, à diriger constamment sur les autres âmes, la projection de cette masse fluide; et qu'il pouvait, à son gré, tout modifier relativement à l'homme, même certaines lois de la nature...

Elle me fit des objections qui me révélèrent en elle une incroyable finesse d'esprit. Je m'amusai malicieusement à lui donner raison

pendant quelques momens pour la flatter;
mais je détruisis ses raisonnemens de femme
par un mot ou en attirant son attention sur un
fait journalier dans la vie, vulgaire en apparence, mais au fond plein de problèmes inso-
lubles pour le savant.

Je piquai sa curiosité. Elle resta même un
instant silencieuse quand je lui dis que nos
idées étaient des êtres organisés, complets,
vivant dans un monde invisible à nos regards,
mais qui influaient sur nos destinées, lui donnant pour preuve les pensées de Descartes, de
Napoléon, de Diderot, qui avaient conduit,
qui conduisaient encore tout un siècle...

J'eus l'honneur de l'amuser. Elle me quitta,
en m'invitant à la venir voir. En style de cour,
elle me donna mes entrées.

Soit que je prisse, selon ma louable habitude, des formules polies pour des paroles de
cœur; soit qu'elle me crût destiné à quelque
célébrité prochaine; ou que, réellement, elle
voulût augmenter sa ménagerie de savans, je
me flattai d'avoir su lui plaire.

Appelant à mon secours toutes mes connaissances physiologiques et mes études antérieu-
res sur la femme, je consacrai le reste de la

soirée à l'examen le plus minutieux de sa personne et de ses manières.

Caché dans l'embrasure d'une fenêtre, je
là vis allant et venant, s'asseyant et causant,
ou appelant un homme, l'interrogeant et s'ap-
puyant, pour l'écouter, sur un chambranle de
porte. Je reconnus dans sa démarche un mouvement brisé si doux, une ondulation de robe
si gracieuse, elle excitait si puissamment le
désir, que je devins alors très-incrédule sur sa
vertu. Si Fœdora méconnaissait aujourd'hui
l'amour, elle avait dû jadis être fort passionnée... Il y avait de la volupté jusque dans la
manière dont elle se posait devant son interlocuteur. Se soutenant sur la boiserie avec
coquetterie, comme une femme prête à tomber
ou à s'enfuir, mais restant là, les bras mollement croisés, en paraissant respirer les paroles, en les écoutant même du regard et avec
bienveillance, elle exhalait le sentiment.

Puis, ses lèvres fraîches, rouges, tranchaient
sur un teint d'une vive blancheur. Ses cheveux noirs allaient admirablement bien à la
couleur orangée de ses yeux mêlés de veines
comme une pierre de Florence, et dont l'expression semblait ajouter de la finesse à ses

paroles. Son corsage était paré des grâces les plus attrayantes. Mais une rivale aurait peut-être accusé de dureté ses épais sourcils qui paraissaient se rejoindre , et remarqué je ne sais quel duvet imperceptible dont les contours de son visage étaient ornés.

Enfin je trouvai la passion empreinte en tout, l'amour écrit sur ses paupières italiennes, sur ses belles épaules dignes de la Vénus de Milo, dans ses traits, sur sa lèvre supérieure un peu forte et légèrement ombragée. — Il y avait certes tout un roman dans cette femme !.....

Ces richesses féminines, cet ensemble harmonieux des lignes, les promesses faites à l'amour que je lisais dans cette structure, étaient tempérées, il est vrai, par une réserve constante, par une modestie extraordinaire qui contrastaient avec l'expression de toute la personne : il fallait une observation aussi sagace que la mienne pour découvrir dans cette nature les signes d'une destinée de volupté. Pour expliquer plus clairement ma pensée, il y avait en elle deux femmes séparées, par le buste peut-être : l'une était froide, tandis que la tête seule semblait être passionnée. Avant d'arrêter ses yeux sur une personne, elle préparait son regard comme s'il se passait je ne sais quoi de mystérieux en elle-même ; vous eussiez dit une convulsion ; mais ses yeux étaient brillans et beaux. Enfin, ou ma science était imparfaite, et j'avais encore bien des secrets à découvrir dans le monde moral ; ou la comtesse possédait une belle âme, dont les sentimens et les émanations communiquaient à sa physionomie ce charme qui nous subjugue, nous fascine, ascendant tout moral et d'autant plus puissant qu'il s'accorde avec les sympathies du désir.....

Je sortis ravi ; séduit par cette femme, enivré par son luxe, chatouillé dans tout ce que mon cœur avait de noble, de vicieux, de bon, de mauvais. Alors, en me sentant si ému, si vivant, si exalté, je crus comprendre l'attrait qui amenait, chez cette femme, tous ces artistes, ces diplomates, ces agioteurs doublés de tôle comme leurs caisses, ces hommes de pouvoir. Sans doute, ils venaient chercher près d'elle l'émotion délirante qui faisait vibrer en moi toutes les forces de mon être, fouettait mon sang dans la moindre veine, agaçait le plus petit nerf et tressaillait dans mon cer-

veau!... Elle ne s'était donnée à aucun pour
les garder tous. Une femme est coquette tant
qu'elle n'aime personne...

— Puis, dis-je à Rastignac, elle a peut-être
été mariée ou vendue à quelque vieillard, et
le souvenir de ces premières noces lui donne
de l'horreur pour l'amour...

Je revins à pied du faubourg Saint-Honoré
où Fœdora demeure. Entre son hôtel et la rue
des Cordiers il y a presque tout Paris ; mais le
chemin me parut court, et cependant il faisait
froid. Entreprendre la conquête de Fœdora,
dans l'hiver, un rude hiver, quand je n'avais
pas trente francs en ma possession, quand la
distance qui nous séparait était si grande!.....
Un jeune homme pauvre peut, seul, savoir ce
qu'une passion coûte en voitures, en gants,
habits, linge, etc.!... Et, si l'amour reste un
peu trop de temps platonique, il devient rui-
neux..... Vraiment, il y a des Lauzun de l'É-
cole de Droit auxquels il est impossible d'ap-
procher d'une passion logée à un premier
étage!...

Et comment pouvais-je lutter, moi, faible,
grêle, mis simplement, pâle et have comme un

artiste en convalescence d'un ouvrage, avec
des jeunes gens bien frisés, jolis, pimpans,
cravatés à désespérer la Croatie tout entière,
riches, armés de tilburys et d'impertinence...

— Bah! Fœdora ou la mort!..... criais-je
au détour d'un pont. Fœdora, c'est la fortune!...

Et le beau boudoir gothique et le salon à la
Louis XIV passèrent devant mes yeux; et je
la voyais, elle, la comtesse, avec sa robe
blanche, ses grandes manches gracieuses, et
sa séduisante démarche et son corsage tenta-
teur...

Quand j'arrivai dans ma mansarde nue,
froide, aussi mal peignée que la perruque
d'un naturaliste, j'étais encore environné par
toutes les images du luxe prodigieux de Fœdora... Ce contraste était un mauvais conseil-
ler. Les crimes ne doivent pas naître autrement. Alors je maudis, en frissonnant de rage,
ma décente et honnête misère, ma mansarde
féconde où tant de pensées avaient surgi.....
Je demandai compte à Dieu, au diable, à l'état
social, à mon père, à l'univers entier de ma
destinée de malheur, et je me couchai tout

affamé, grommelant de risibles imprécations, mais bien résolu de séduire Fœdora.

Ce cœur de femme était un dernier billet de loterie chargé de ma fortune...

XXIII.

Je te ferai grâce de mes premières visites chez Fœdora, pour arriver promptement au drame.

Tout en tâchant de m'adresser à son âme, j'essayai de gagner son esprit, d'avoir sa vanité pour moi. Afin d'être sûrement aimé, je lui

donnai mille raisons de mieux s'aimer elle-
même. Jamais je ne la laissai dans un état d'indifférence; car les femmes veulent des émotions à tout prix, et je les lui prodiguais. Je
l'eusse mise en colère plutôt que de la voir
insouciante avec moi.

Si d'abord, animé d'une volonté ferme et
du désir de me faire aimer, je pris un peu
d'ascendant sur elle; bientôt, ma passion grandit, je ne fus plus maître de moi; je tombai
dans le vrai, je me perdis. Je devins éperdu-
ment amoureux.

Je ne sais pas bien ce que nous appelons
en poésie ou dans la conversation *l'amour*;
mais, le sentiment qui se développa tout à
coup dans ma double nature, je ne l'ai trouvé
peint nulle part : ni dans les phrases rhétori-
ciennes et apprêtées de J.-J. Rousseau, dont
j'occupais peut-être le logis; ni dans les froides conceptions de nos deux siècles littéraires;
ni dans les tableaux de l'Italie... Quelques motifs de Rossini, la Madone du Murillo que possède le maréchal Soult, les lettres de la Les-
combat, certains mots épars dans les recueils
d'anecdotes, mais surtout les prières des ex-
tatiques et quelques passages de nos fabliaux

naïfs, ont pu seuls me transporter dans les divines régions de mon amour...

Rien dans les langages humains, aucune traduction de la pensée, faite à l'aide des couleurs, des marbres, des mots ou des sons, ne saurait rendre le nerf, la vérité, le fini, la soudaineté du sentiment dans l'âme! Oui! qui dit art, dit mensonge.

L'amour passe par des transformations infinies avant de se mêler pour toujours à notre vie et de la teindre à jamais. Le secret de cette infusion imperceptible échappe à l'analyse de l'artiste. La vraie passion s'exprime par des cris, par des soupirs, ennuyeux à l'homme froid. Il faut lire un livre d'amour, *Clarisse Harlowe*, au moment où l'on aime, pour rugir avec Lovelace... L'amour est une source naïve, partie de son lit de cresson, de fleurs, de gravier, qui, rivière, fleuve, change de nature et d'aspect à chaque flot; puis, se jette dans un océan incommensurable, où les esprits incomplets voient de la monotonie, où les grandes âmes s'abîment en de perpétuelles contemplations... Comment oser décrire ces teintes transitoires du sentiment, ces riens qui ont tant de prix, ces mots dont l'accent épuise tous les trésors du langage, ces regards plus féconds en pensées et plus beaux que des poëmes... Dans chacune des scènes mystiques par lesquelles nous nous éprenons insensible-ment d'une femme, il y a un abîme, à englou-tir toutes les poésies humaines.

Eh ! comment pourrions-nous reproduire, par des gloses, les vives et mystérieuses agi-tations de l'âme, quand les paroles nous man-quent pour peindre, même les mystères vi-sibles de la beauté? Quelles fascinations!..... Combien d'heures ne suis-je pas resté, plongé dans une extase ineffable, occupé à la voir. Heureux... de quoi?... Je ne sais.

Dans ces momens, si son visage était inondé de lumière, il s'y opérait je ne sais quel phé-nomène qui le faisait resplendir. L'impercep-tible duvet dont sa peau délicate et fine est couverte en dessinait mollement les contours avec la grâce que nous admirons dans les lignes lointaines de l'horizon quand elles se perdent dans le soleil. Il semblait que le jour la cares-sât en s'unissant à elle ou qu'il s'échappât de sa rayonnante figure une lumière plus vive que la lumière même.

Puis, une ombre passant sur cette douce

figure y produisait une sorte de couleur; alors,
les teintes se nuançaient : une pensée semblait
se peindre sur son front de marbre; ou bien
son œil paraissait rougir; sa paupière vacillait,
et ses traits ondulaient, poussés par un sourire; le corail intelligent de ses lèvres s'animait,
se pliait; ses couleurs tremblaient ou ses cheveux jetaient des tons bruns sur ses tempes
fraîches et veinées; eh bien!... à chaque accident, elle avait parlé. C'étaient des fêtes nouvelles pour mes yeux, ou des grâces inconnues qui se révélaient à mon cœur. Je voulais
lire un sentiment, un espoir dans toutes ces
phases du visage, et ces discours muets péné-
traient d'âme à âme comme un son dans l'é-
cho, me prodiguant des joies passagères qui
me laissaient des impressions profondes... Sa
voix me causait un délire que j'avais peine à
comprimer. Imitant je ne sais quel prince de
Lorraine, j'aurais pu ne pas sentir un charbon
ardent au creux de ma main pendant qu'elle
aurait passé dans ma chevelure ses doigts cha-
touilleux. Ce n'était plus une admiration, un
désir, mais un charme, une fatalité...

Souvent, rentré sous mon toit, je voyais
indistinctement Fœdora chez elle, et je parti-

cipais vaguement à sa vie. Si elle souffrait, je souffrais, et je lui disais le lendemain :

— Vous avez souffert.

Que de fois n'est-elle pas venue au milieu de la nuit silencieuse, évoquée par la puissance de mon extase!... Alors, tantôt soudaine, comme une lumière qui jaillit, elle me faisait quitter la plume, elle effarouchait la Science et l'Etude qui s'enfuyaient désolées. Me forçant à l'admirer, elle se mettait dans la pose attrayante où je l'avais vue naguères... Tantôt, moi-même, j'allais au devant d'elle, dans le monde des apparitions, et je la saluais comme une espérance, je lui demandais de me faire entendre sa voix argentine... et je me réveillais... pleurant.

Un jour, après m'avoir promis de venir au spectacle avec moi; tout à coup, elle refusa capricieusement de sortir, et me pria de la laisser seule. Désespéré d'une contradiction qui me coûtait une journée de travail; et — le dirais-je?... mon dernier écu!... je me rendis là, où elle aurait dû être, voulant voir la pièce qu'elle avait désiré voir.

A peine placé, je reçus un coup électrique dans le cœur. Une voix me dit :

— Elle est là !...

Je me retourne, j'aperçois la comtesse au fond de sa loge, et cachée dans l'ombre, au rez-de-chaussée ! Ah ! mon regard n'hésita pas. Mes yeux la trouvèrent tout d'abord avec une sécurité, une lucidité fabuleuse. Mon âme avait volé vers sa sphère, vers sa vie, comme un insecte d'azur vole à sa fleur. — Par quoi mes sens avaient-ils été avertis ? — Il y a de ces tressaillemens intimes qui peuvent surprendre les gens superficiels; cependant, ce sont des effets de notre nature intérieure aussi simples que les phénomènes habituels de notre vision extérieure. Aussi, ne fus-je pas étonné, mais fâché. Mes études sur la puissance morale dont nous méconnaissons les jeux, servaient au moins à me faire rencontrer dans ma passion quelques preuves vivantes de mon système... Cette alliance du savant et de l'amoureux, d'une idolâtrie cordiale et d'un amour scientifique, avait je ne sais quoi de bizarre. La science était souvent contente de ce qui désespérait l'amant, et l'amant chassait, loin de lui, la science avec bonheur quand il croyait triompher.

Fœdora me vit ; et, alors, elle devint sérieuse. Je la gênais. Au premier entr'acte, j'allai lui faire une visite. — Elle était seule. — Je restai. Quoique nous n'eussions jamais parlé d'amour, je pressentis une explication. Je ne lui avais point encore dit mon secret, et cependant il existait entre nous une sorte d'entente. Elle me confiait ses projets d'amusement, et me demandait la veille, avec une sorte d'inquiétude amicale, si je viendrais le lendemain; elle me consultait par un regard quand elle disait un mot spirituel, comme si elle eût voulu me plaire exclusivement. Si je boudais, elle devenait caressante; si elle faisait la fâchée, j'avais en quelque sorte le droit de l'interroger, et si j'étais coupable d'une faute, elle se laissait long-temps supplier avant de me pardonner. Il y avait de l'amour dans ces querelles et nous y prenions goût. Elle y déployait tant de grâces et de coquetterie; et, moi, j'y trouvais tant de bonheur!.....

En ce moment, notre intimité fut tout-à-fait suspendue, et nous restâmes, l'un devant l'autre, comme deux étrangers. La comtesse était glaciale; et, moi, dans l'appréhension d'un malheur.

— Vous allez m'accompagner !... me dit-elle quand la pièce fut finie.

Le temps avait changé subitement. Lorsque nous sortîmes, il tombait une neige mêlée de pluie. La voiture de Fœdora ne pouvant arriver jusqu'à la porte du théâtre, un commissionnaire étendit son parapluie au dessus de nos têtes en voyant une femme bien mise obligée de traverser le boulevard. Quand nous fûmes montés, il réclama le prix de son bon office. — Je n'avais rien !... J'eusse alors vendu dix ans de ma vie pour deux sous..... Tout ce qui fait l'homme et ses mille vanités furent écrasés en moi par une douleur infernale.

Ces mots : — Je n'ai pas de monnaie, mon cher !... furent dits d'un ton dur qui parut venir de ma passion contrariée, dits par moi, frère de cet homme, moi qui connaissais si bien le malheur !... Moi qui, naguères, avais donné sept cent mille francs avec tant de facilité !

Le valet repoussa le commissionnaire, et les chevaux fendirent l'air.

En revenant à son hôtel, Fœdora, distraite ou affectant d'être préoccupée, répondit par de dédaigneux monosyllabes à mes demandes

ou à mes remarques; alors, je gardai le silence.
— Ce fut un horrible moment. — Arrivés
chez elle, nous nous assîmes devant le feu;
puis, quand le valet de chambre se fut retiré
après avoir attisé le feu, la comtesse, se tournant vers moi d'un air indéfinissable, me dit
avec une sorte de solennité :

— Depuis mon retour en France, ma fortune a tenté quelques jeunes gens. J'ai reçu
des déclarations d'amour qui auraient pu satisfaire ma vanité. J'ai même rencontré des
hommes dont l'affection était sincère, profonde, et qui m'eussent encore épousée, je
veux bien le croire, s'ils n'avaient trouvé
en moi qu'une fille pauvre telle que je l'étais
jadis. Enfin, sachez, monsieur de Valentin, que
de nouvelles richesses et des titres nouveaux
m'ont été offerts... Mais, apprenez aussi, que
je n'ai jamais revu les personnes assez mal
inspirées pour m'avoir parlé d'amour. Si mon
affection pour vous était légère, je ne vous
donnerais pas un avertissement dans lequel il
entre plus d'amitié que d'orgueil. Une femme
s'expose à recevoir un mauvais compliment
lorsque, se supposant aimée, elle se refuse,
par avance, à un sentiment toujours flatteur...

Je connais les scènes d'Arsinoë, d'Araminte;
ainsi, je me suis familiarisée avec les réponses
que je puis entendre en pareille circonstance.
Mais j'espère ne pas être mal jugée par un
homme supérieur pour lui avoir montré franchement mon âme.

Elle s'exprimait avec le sang-froid d'un
avoué, d'un notaire, expliquant à leurs cliens
les moyens d'un procès ou les articles d'un
contrat. Le timbre clair et séducteur de sa
voix n'accusait pas la moindre émotion. Seulement, sa figure et son maintien, toujours
nobles et décens, me semblèrent avoir une
froideur, une sécheresse diplomatiques. Elle
avait sans doute médité ses paroles et fait le
programme de cette scène. Oh! mon cher ami,
quand certaines femmes trouvent du plaisir à
nous déchirer le cœur; quand elles se sont
promis d'y enfoncer un poignard et de le retourner dans la plaie... Ces femmes-là sont
adorables!... Elles aiment ou veulent être ai-
mées. Un jour, elles nous récompenseront de
nos douleurs... comme Dieu doit, dit-on, ré-
munérer nos bonnes œuvres : elles nous rendront en plaisirs le centuple du mal dont elles
ont dû apprécier la violence... Il y a de la pas-

sion dans leur méchanceté. Mais être torturé par une femme qui ne croit pas nous faire souffrir, par une femme qui nous tue avec indifférence... Oh! c'est un supplice atroce!... En ce moment, Fœdora marchait, sans le savoir, sur toutes mes espérances, brisait ma vie et détruisait mon avenir, avec la froide insouciance et l'innocente cruauté d'un enfant qui, par curiosité, déchire les ailes d'un papillon.

— Plus tard, ajouta Fœdora, vous reconnaîtrez, je l'espère, la solidité de l'affection que j'offre à mes amis... Pour eux, vous me trouverez toujours bonne et dévouée... Je saurais leur donner ma vie; mais vous me mépriseriez, si je subissais l'amour sans le partager..... Je m'arrête!..... Vous êtes le seul homme auquel j'aie encore dit ces derniers mots...

D'abord les paroles me manquèrent et j'eus peine à maîtriser l'ouragan qui s'élevait en moi; mais bientôt, refoulant mes sensations au fond de mon âme, je me mis à sourire.

— Si je vous dis que je vous aime, répondis-je, vous me bannirez; si je m'accuse d'indifférence, vous m'en punirez; car les prêtres, les magistrats et les femmes ne dépouillent ja-

mais entièrement leur robe. Le silence ne pré-
jugeant rien, trouvez bon, Madame, que je
me taise. Pour m'avoir adressé de si frater-
nels avertissemens, il faut que vous ayez craint
de me perdre, et cette pensée pourrait satisfaire à mon orgueil... Mais laissons la personnalité loin de nous. Vous êtes, peut-être, la
seule femme avec laquelle je puisse discuter
en philosophe une résolution si contraire aux
lois de la nature. Relativement aux autres sujets de votre espèce, vous êtes un phénomène.
Eh bien! cherchons ensemble, de bonne foi,
les causes de cette anomalie psycologique...

Y a-t-il, en vous, comme chez beaucoup
de femmes, fières d'elles-mêmes, amoureuses
de leurs perfections, un sentiment d'égoïsme
raffiné qui vous fasse prendre en horreur
l'idée d'appartenir à un homme, d'abdiquer
votre vouloir, et d'être soumise à une supériorité de convention qui vous offense...
Alors vous me sembleriez mille fois plus
belle?...

Auriez-vous été maltraitée une première
fois par l'amour?

Peut-être ne voulez-vous pas laisser gâter
votre taille délicieuse et vos adorables beau-

tés par les soins de la maternité?... Ne serait-
ce pas une de vos raisons secrètes pour vous
refuser à être trop bien aimée?...

Avez-vous des imperfections qui vous ren-
dent vertueuse malgré vous? Ne vous fâchez
pas. Je discute, j'étudie, je suis à mille lieues
de la passion. La nature fait des aveugles de
naissance; elle peut bien créer des femmes
sourdes, muettes et aveugles en amour...
Vraiment vous êtes un sujet précieux pour
l'observation médicale! Vous ne savez pas
tout ce que vous valez...

Vous pouvez avoir un dégoût fort légitime
pour les hommes, et je vous approuve; ils me
paraissent tous laids et odieux.

Mais vous avez raison, ajoutai-je en sentant mon cœur se gonfler: vous devez nous
mépriser... Il n'existe pas d'homme qui soit
digne de vous!...

Je ne te dirai pas tous les sarcasmes que je
lui débitai, mais en riant... Eh bien! la parole
la plus acérée, l'ironie la plus aiguë ne lui
arrachèrent pas même un mouvement, un
geste de dépit. Elle m'écoutait en gardant sur
les lèvres, dans les yeux, son sourire d'habitude, ce sourire qu'elle prenait comme un

vêtement et toujours le même pour ses amis,
pour ses simples connaissances, pour les
étrangers.

— Ne suis-je pas bien bonne de me laisser
mettre ainsi sur un amphithéâtre?... dit-elle
en saisissant un moment pendant lequel je la
regardais en silence.

— Vous voyez, continua-t-elle en riant,
que je n'ai pas de sottes susceptibilités en
amitié!... Beaucoup de femmes puniraient
votre impertinence en vous faisant fermer
leur porte...

— Vous pouvez me bannir de chez vous
sans même être tenue de donner la raison de
vos sévérités...

En disant cela, je me sentais prêt à la tuer
si elle m'avait congédié.

— Vous êtes fou!... s'écria-t-elle en souriant.

— Avez-vous jamais songé, repris-je, aux
effets d'un violent amour? Un homme au désespoir a souvent assassiné sa maîtresse.

— Il vaut mieux être morte que malheureuse, répondit-elle froidement. Un homme
aussi passionné doit, un jour, abandonner
sa femme et la laisser sur la paille, après lui
avoir mangé sa fortune...

Cette arithmétique m'abasourdit. Je vis clairement un abime entre cette femme et moi. Nous ne pouvions jamais nous comprendre.

— Adieu, lui dis-je froidement.

— Adieu, répondit-elle en inclinant la tête d'un air amical. A demain.

Je la regardai pendant un moment, en lui dardant tout l'amour auquel je renonçais. Elle était debout, me jetant son sourire banal, le détestable sourire d'une statue de marbre, sec et poli, paraissant exprimer l'amour, mais froid.

XXIV.

CONCEVRAS-TU bien, mon cher, toutes les douleurs dont je fus assailli, en revenant chez moi, par la pluie et la neige, en marchant sur le verglas des quais, pendant une lieue, ayant tout perdu!... Oh! savoir qu'elle ne pensait seulement pas à ma misère et me croyait, comme elle, riche et doucement voi-

turée... Que de ruines et de déceptions!... Il
ne s'agissait plus d'argent, mais de toutes les
fortunes de mon âme...

J'allais au hasard, discutant avec moi-
même les mots de cette étrange conversation, et je m'égarais si bien dans mille com-
mentaires que je finissais par douter de la valeur nominale des paroles, des idées!... Et
j'aimais toujours, j'aimais cette femme froide
dont le cœur voulait être conquis à chaque
heure, et qui, effaçant les promesses de la
veille, se produisait le lendemain comme une
maîtresse toute nouvelle.

En tournant sous les guichets de l'Institut,
un mouvement fiévreux me saisit. Je me sou-
vins alors que j'étais à jeun. Je ne possédais
pas un denier. Pour comble de malheur, la
pluie déformait mon chapeau, le détruisait...
Comment pouvoir aborder désormais une
femme élégante, et me présenter dans un
salon sans un chapeau mettable!...

Grâce à des soins extrêmes, et tout en mau-
dissant la mode niaise et sotte qui nous con-
damne à exhiber la coiffe de nos chapeaux
en les gardant constamment à la main, j'a-
vais maintenu le mien dans un état douteux.

— Sans être curieusement neuf, ou sèchement vieux, dénué de barbe, ou très-soyeux, il pouvait passer pour un chapeau problématique; c'était le chapeau d'un homme soigneux; mais son existence artificelle arrivait à son dernier période : il était blessé, déjeté, fini, — véritable haillon, digne représentant de son maître...

Faute de trente sous, je perdais mes derniers vêtemens...

Ah! que de sacrifices ignorés j'avais faits à Fœdora depuis trois mois! Souvent, je consacrais l'argent nécessaire au pain d'une semaine pour aller la voir un moment. Quitter mes travaux et jeûner... ce n'était rien !... — Mais, traverser les rues de Paris sans se laisser éclabousser, courir pour éviter la pluie, arriver chez elle aussi élégant que les fats dont elle était entourée... Ah! pour un poëte amoureux et distrait, cette tâche avait d'innombrables difficultés..... Mon bonheur, mon amour dépendre d'une moucheture de boue sur mon seul gilet blanc!... Renoncer à la voir, si je me crottais, si je me mouillais... Ne pas posséder cinq sous pour faire effacer, par un décrotteur, une légère empreinte de

fange sur ma botte... Ma passion s'était aug-
mentée de tous ces petits supplices inconnus,
mais immenses chez un homme irritable.

Les malheureux ont des dévouemens dont
il ne leur est point permis de parler aux femmes vivant dans une sphère de luxe et d'élégance. Elles voient le monde à travers un
prisme qui teint en or les hommes et les choses. Optimistes par égoïsme, cruelles par bon
ton, elles s'exemptent de réfléchir, au nom
de leurs jouissances, et s'absolvent, de leur
indifférence au malheur, par l'entraînement
du plaisir. Pour elle, un denier n'est jamais
un million; c'est le million qui leur semble
un denier... Si l'amour doit plaider sa cause
par de grands sacrifices, il doit aussi les couvrir délicatement d'un voile, les ensevelir
dans le silence; mais en prodiguant leur fortune, leur vie, en se dévouant, les hommes
riches profitent des préjugés mondains qui
donnent toujours un certain éclat à leurs
amoureuses folies: alors, pour eux, le silence
parle, et le voile est une grâce; tandis que
mon affreuse détresse me condamnait à d'é-
pouvantables souffrances, sans qu'il me fût
permis de dire : — J'aime! — ou — Je meurs!...

Etait-ce du dévouement après tout? N'étais-je
pas richement récompensé par le plaisir que
j'éprouvais à tout immoler pour elle?... La
comtesse avait donné d'extrêmes valeurs, attaché d'excessives jouissances aux accidens
les plus vulgaires de ma vie... Naguère insouciant en fait de toilette, je respectais maintenant mon habit comme un autre moi-même.
Je l'aimais. Entre une blessure à recevoir et la
déchirure de mon frac, je n'aurais pas hésité!...

Tu dois alors épouser ma situation et comprendre les rages de pensées, la frénésie crois-
sante dont je fus la proie en marchant, et que
peut-être la marche animait encore. J'éprouvais je ne sais quelle joie infernale à me trouver au faîte du malheur. Je voulais voir un
présage de fortune dans cette dernière crise;
mais le mal a des trésors sans fonds!...

La porte de mon hôtel était entr'ouverte;
et, à travers les découpures en forme de cœur
pratiquées dans le volet, j'aperçus une lumière projetée dans la rue. Pauline et sa mère
causaient en m'attendant. J'entendis prononcer
cer mon nom. J'écoutai.

— Monsieur Raphaël, disait Pauline, est
bien mieux que l'étudiant du numéro *sept!*...

Ses cheveux blonds sont d'une si jolie couleur. Ne trouves-tu pas quelque chose dans sa
voix... — je ne sais pas, moi... quelque chose
qui vous remue le cœur?.. Et puis, quoiqu'il
ait l'air un peu fier, il est si bon, il a des manières si distinguées. — Oh ! il est vraiment
très-bien... Je suis sûre que toutes les femmes
doivent être folles de lui...

— Tu en parles... reprit madame Gaudin,
comme si tu l'aimais.

— Oh ! je l'aime comme un frère... répondit-elle en riant. Je serais joliment ingrate si
je n'avais pas de l'amitié pour lui?... Ne m'a-
t-il pas appris la musique, le dessin, la gram-
maire... enfin, tout ce que je sais?... Tu ne
fais pas grande attention à mes progrès, ma
bonne mère; mais je deviens très-instruite....
Dans quelque temps, je serai assez forte pour
donner des leçons; et, alors, nous pourrons
avoir une domestique...

Je me retirai doucement; puis, après avoir
fait quelque bruit, j'entrai dans la salle pour
y prendre ma lampe que Pauline voulut allumer. La pauvre enfant venait de jeter un
baume délicieux sur mes plaies. Ce naïf éloge
de ma personne me rendit un peu de courage.

J'avais besoin de croire en moi-même et de recueillir un jugement impartial sur la véritable valeur de mes avantages.

Mes espérances ainsi ranimées se refletèrent peut-être sur les choses dont j'étais entouré ; peut-être aussi, n'avais-je point encore bien sérieusement examiné la scène assez souvent offerte à mes regards par ces deux femmes au milieu de cette salle ; mais alors, j'admirai, dans sa réalité, le plus délicieux tableau de cette nature modeste et douce si naïvement reproduite par les peintres flamands.

La mère, assise au coin d'un foyer à demi éteint, tricotait des bas, et laissait errer sur ses lèvres un bon sourire. Pauline coloriait des écrans. Ses couleurs, ses pinceaux étalés sur une petite table, parlaient aux yeux par de piquans effets. Mais ayant quitté sa place et se tenant debout pour allumer ma lampe, sa blanche figure recevait toute la lumière. Ah ! il fallait être subjugué par une bien terrible passion pour ne pas admirer ses mains transparentes et roses, sa virginale attitude et l'idéal de sa tête. La nuit, le silence prêtaient leur charme à cette laborieuse veillée,

à ce paisible intérieur. Il y avait de la résignation dans ces travaux; mais une résignation
religieuse et pleine de sentimens élevés. Puis,
une indéfinissable harmonie existait entre les
choses et les personnes.

Chez Fœdora, le luxe était sec, il réveillait
en moi de mauvaises pensées; là, cette humble misère, ce naturel exquis me rafraîchis-
saient l'âme. Peut-être étais-je humilié en présence du luxe; et, près de ces deux femmes,
au milieu de cette salle brune où la vie sim-
plifiée semblait se réfugier dans les émotions
du cœur, peut-être me réconciliais-je avec
moi-même en trouvant à exercer la protection
que l'homme est si jaloux de faire sentir.

Quand je fus près de Pauline, elle me jeta
un regard presque maternel, et s'écria, les
mains tremblantes, en posant vivement la
lampe :

— Dieu ! comme vous êtes pâle... Ah ! il est
tout mouillé !.... Ma mère va vous essuyer !....
Monsieur Raphaël !... reprit-elle après une légère pause, vous êtes friand de lait !... Nous
avons eu ce soir de la crême... Tenez... Voulez-
vous y goûter...

Elle sauta, comme un petit chat, sur un

bol de porcelaine plein de lait, et me le présenta si vivement, me le mit sous le nez d'une
si gentille façon, que j'hésitai.

— Vous me refuseriez? dit-elle d'une voix
altérée.

Nos deux fiertés se comprenaient : Pauline
paraissait souffrir de sa pauvreté, et me re-
procher ma hauteur... Je fus attendri. Cette
crême était peut-être son déjeuner du lendemain. J'acceptai cependant. La pauvre fille es-
saya de cacher sa joie, mais elle pétillait dans
ses yeux.

— J'en avais besoin!... lui dis-je en m'asseyant.

Alors une expression soucieuse passa sur
son front.

— Vous souvenez-vous, Pauline, de ce
passage où Bossuet nous peint Dieu, récom-
pensant un verre d'eau plus richement qu'une
victoire...

— Oui... dit-elle.

Et son sein battait comme celui d'une jeune
fauvette serrée entre les mains d'un enfant.

— Eh bien! comme nous nous quitterons
bientôt, ajoutai-je d'une voix mal assurée,
laissez-moi vous témoigner ma reconnaissance

pour tous les soins que vous et votre mère
avez eus de moi.

— Oh ! ne comptons pas... dit-elle en riant ;
mais son rire cachait une émotion qui me fit
mal.

— Mon piano, repris-je, sans paraître avoir
entendu ses paroles, est un des meilleurs instrumens d'Érard... acceptez-le... Prenez-le
sans scrupule.... Je ne saurais vraiment l'em-
porter dans le voyage que je compte faire...

Éclairées peut-être par l'accent de mélancolie avec lequel je prononçai ces mots, les deux
femmes semblèrent m'avoir compris et me
regardèrent avec une curiosité mêlée d'effroi.
L'affection que je cherchais au milieu des
froides régions du grand monde, elle était là,
vraie, sans faste, mais onctueuse et durable
peut-être.

— Il ne faut pas prendre tant de souci, me
dit la mère. Bah ! restez ici !... Mon mari est
en route, à cette heure... reprit-elle. Ce soir,
j'ai lu l'Évangile de saint Jean pendant que
Pauline tenait, suspendue entre ses doigts,
notre clef attachée dans une Bible, et la clef
a tourné... Cela annonce que Gaudin se porte
bien et prospère..... Pauline a recommencé

pour vous et pour le jeune homme du numéro
sept; mais la clef n'a tombé que pour vous...
Allez, nous serons tous riches! Gaudin revien-
dra millionnaire. Je l'ai vu en rêve sur un vaisseau plein de serpens; mais heureusement
l'eau était trouble, ce qui signifie or et pier-
reries d'outre mer...

Ces paroles amicales et vides, semblables
aux vagues chansons avec lesquelles une mère
endort les douleurs de son enfant, me ren-
dirent une sorte de calme. Il y avait dans l'accent, dans le regard de la bonne femme, cette
douce cordialité qui n'efface pas le chagrin,
mais qui l'apaise, qui le berce et l'émousse.

Pauline, plus perspicace que sa mère, m'examinait avec inquiétude, ses yeux intelligens
semblaient deviner ma vie et mon avenir. Je
remerciai par une inclination de tête, la mère
et la fille, puis je me sauvai, craignant de
m'attendrir.

Quand je me trouvai seul, sous mon toit, je
me couchai dans mon malheur. Ma fatale imagination me dessina mille projets sans base,
me dicta des résolutions impossibles. Quand
un homme se traîne dans les décombres de
sa fortune, il rencontre encore quelques res-

sources; mais moi, j'étais dans le néant... Ah!
mon cher! nous accusons trop facilement la
misère... Elle est le plus actif de tous les dis-
solvans. Avec elle, il n'existe plus ni pudeur,
ni crimes, ni vertus, ni esprit. J'étais sans
idées, sans force, comme une jeune fille tombée à genoux devant un tigre... Un homme
sans passion et sans argent reste maître de sa
personne; mais un malheureux qui aime, ne
s'appartient plus! Il ne peut pas se tuer. L'a-
mour nous donne une sorte de religion pour
nous-même; nous respectons en nous une
autre vie.... C'est le plus horrible des malheurs, le malheur avec une espérance; une
espérance qui vous fait accepter des tortures.

Je m'endormis avec l'idée d'aller le lendemain confier à Rastignac la singulière déter-
mination de Fœdora.

XXV.

— Ah! ah! me dit Rastignac, en me voyant entrer chez lui dès neuf heures du matin. — Je sais ce qui t'amène. Tu dois être congédié par Fœdora. Quelques bonnes âmes, jalouses de ton empire sur la comtesse, ont annoncé votre mariage. — Dieu sait les folies que tes rivaux t'ont fait dire et les calomnies dont tu as été l'objet!...

— Alors, tout s'explique!... m'écriai-je.

En ce moment, me souvenant de toutes mes impertinences, je trouvai la comtesse sublime!... A mon gré, j'étais un infâme, et n'avais pas encore assez souffert!..... Je ne vis plus, dans son indulgence, que la patiente charité de l'amour...

— N'allons pas si vite!... me dit le prudent gascon. Fœdora possède la pénétration naturelle aux femmes profondément égoïstes. Elle t'aura deviné, jugé peut-être au moment où tu ne voyais encore en elle que sa fortune et son luxe. — En dépit de ton adresse, elle aura lu dans ton âme. Elle est assez dissimulée pour qu'aucune dissimulation ne trouve grâce devant elle.

— Je crois, ajouta-t-il, t'avoir mis dans une mauvaise voie... Malgré la finesse de son esprit et de ses manières, cette créature-là me semble impérieuse comme toutes les femmes qui n'ont de plaisir que dans la tête. Pour elle, le bonheur gît tout entier dans le bien-être de la vie, dans les jouissances sociales; et, chez elle, le sentiment est un rôle. Elle te rendrait malheureux, et ferait de toi, son premier valet...

Rastignac parlait à un sourd. Je l'interrompis en lui exposant, avec une apparente gaîté, ma situation financière.

— Hier au soir, me répondit-il, une veine contraire m'a emporté tout mon argent. Sans cette vulgaire infortune, j'eusse partagé volontiers ma bourse avec toi. — Mais, allons déjeuner au cabaret, les huîtres nous donneront peut-être un bon conseil.

Il s'habilla, fit atteler son tilbury; puis, semblables à deux millionnaires, nous arrivâmes au Café de Paris avec l'impertinence de ces audacieux spéculateurs qui vivent sur des capitaux imaginaires. Ce diable de gascon me confondait par l'aisance de ses manières, et par son aplomb imperturbable.

Au moment où finissant un repas fort délicat, et très-bien entendu, nous prenions le café, Rastignac, qui distribuait des coups de tête à une foule de jeunes gens également recommandables par les grâces de leurs personnes et par l'élégance de leur mise, me dit, en voyant entrer un de ces *dandys* :

— Voici ton affaire!...

Et il fit signe à un gentilhomme cravaté merveilleusement bien et qui semblait cher-

cher une table à sa convenance, de venir lui
parler.

—Ce gaillard-là, me dit Rastignac à l'oreille,
est décoré pour avoir publié des ouvrages
qu'il ne comprend pas... Il est chimiste, historien, romancier, publiciste; il a des quarts,
des tiers, des moitiés dans je ne sais combien
de pièces de théâtre, et il est ignorant comme
la mule de don Miguel!... Ce n'est pas un
homme, c'est un nom, une étiquette familière
au public. Aussi, se garderait-il bien d'entrer
dans ces cabinets, sur lesquels il y a cette
inscription : *Ici, l'on peut écrire soi-même.* Il
est fin à jouer tout un congrès; en deux mots,
c'est un métis en morale, ni tout-à-fait probe
ni complètement fripon. Mais... chut! il s'est
déjà battu... Le monde n'en demande pas da-
vantage et dit de lui : *C'est un homme honorable.*

—Eh bien, mon excellent ami, mon honorable ami, comment se porte Votre Intelligence? lui dit Rastignac, au moment où l'inconnu s'assit à la table voisine.

—Mais ni bien ni mal... Je suis accablé de
travail!... J'ai entre les mains tous les maté-
riaux nécessaires pour faire des mémoires

historiques, très-curieux, et je ne sais à qui les attribuer. Cela me tourmente, parce que, vraiment, les mémoires vont passer de mode...

— Sont-ce des mémoires contemporains, anciens, sur la cour?...

— Sur l'affaire du collier...

— N'est-ce pas un miracle?... me dit Rastignac, en riant.

Et, se retournant vers le spéculateur:

— M. de Valentin, reprit-il en me désignant, est un de mes amis que je vous présente comme l'une de nos futures célébrités littéraires les plus éminentes. Or, il avait, jadis, une tante fort bien en cour, marquise de plus; et, depuis deux ans, il travaille à une histoire royaliste de la révolution...

Puis, se penchant à l'oreille de ce singulier négociant, il lui dit :

— C'est un homme de talent, mais un niais... Il peut vous faire vos mémoires, au nom de sa tante, pour cent écus par volume.

— Le marché me va!... répondit l'autre en haussant sa cravate. — Garçon, mes huîtres?... donc!...

— Oui, mais vous me donnerez vingt-cinq

louis de commission et lui paierez un volume
d'avance, reprit Rastignac.

— Non, non. Je n'avancerai que cinquante
écus pour être plus sûr d'avoir promptement
mon manuscrit...

Rastignac me répéta cette conversation
mercantile à voix basse; et, sans me consulter :

— Nous sommes d'accord, lui répondit-il.
— Quand pouvons-nous aller vous voir pour
terminer cette affaire?...

— Eh bien, venez dîner ici, demain soir, à
sept heures!...

Nous nous levâmes, Rastignac jeta de la
monnaie au garçon, mit la carte à payer dans
sa poche, et nous sortîmes. J'étais stupéfait
de la légèreté, de l'insouciance avec laquelle
il avait vendu ma respectable tante, la marquise de Monbauron...

— Je préfère m'embarquer pour le Brésil,
et y enseigner aux Indiens, l'algèbre dont je
ne sais pas un mot, plutôt que de salir le nom
de ma famille!...

Rastignac m'interrompit par un éclat de
rire.

—Es-tu bête?... Prends d'abord les cin-

quante écus et fais les mémoires... puis, quand
ils seront achevés, tu refuseras de les mettre
sous le nom de ta tante, — imbécile!... Madame de Monbauron, morte sur l'échafaud,
ses paniers, sa considération, sa beauté, son
fard, ses mules, valent bien plus de six cents
francs... Si le libraire ne veut pas alors payer
ta tante ce qu'elle vaut, il trouvera quelque
vieux chevalier de Saint-Louis, ou je ne sais
quelle fangeuse comtesse pour signer les mémoires...

— Oh! m'écriai-je, pourquoi suis-je sorti de
ma vertueuse mansarde?... Le monde a un
envers bien salement ignoble!...

— Bon, répondit Rastignac, voilà de la
poésie, et il s'agit d'affaires... Tu es un enfant!... Quant aux mémoires, le public les
jugera. Quant à mon Proxenète littéraire,
n'a-t-il pas dépensé huit ans de sa vie, et payé
par de cruelles expériences, ses relations avec
la librairie?... En partageant inégalement avec
lui le travail du livre, ta part d'argent n'est-
elle pas aussi la plus belle?... Vingt-cinq louis
sont une bien plus grande somme pour toi,
que mille francs pour lui. — Tu peux bien
écrire des mémoires historiques, œuvres d'art

si jamais il en fut, lorsque Diderot a fait six sermons pour cent écus...

— Enfin, lui dis-je tout ému, c'est pour moi une nécessité. Ainsi, mon pauvre ami, je te dois des remercîmens. Vingt-cinq louis me rendront bien riche.

— Et plus riche que tu ne penses, alors !... reprit-il en riant. Si Marivault me donne une commission dans l'affaire, ne devines-tu pas qu'elle sera pour toi ?

Je lui serrai la main.

— Allons au Bois de Boulogne, dit-il, nous y verrons ta comtesse ; et je te montrerai la jolie petite veuve que je dois épouser : une charmante personne, alsacienne, un peu grasse. Elle lit Kant, Schiller, Jean Paul, et une foule de livres hydrauliques... Elle a la manie de toujours me demander mon opinion. Je suis obligé d'avoir l'air de comprendre toute cette sensiblerie allemande, et de connaître un tas de ballades ! Je n'ai pas encore pu la déshabituer de son enthousiasme littéraire... Elle pleure des averses à la lecture de Goëthe, et je suis obligé de pleurer un peu, par complaisance.... Vingt-cinq mille livres de rentes, mon cher, et le plus joli pied, la plus jolie main de la terre!... Ah! si elle ne disait pas *mon anche* et *prouiller* pour mon *ange* et *brouiller*, ce serait une femme accomplie.

Nous vîmes la comtesse. Elle était brillante dans un brillant équipage; et, la coquette nous salua fort affectueusement en me jetant un sourire qui, alors, me parut divin et plein d'amour.

Ah! j'étais bien heureux!... Je me croyais aimé; j'avais de l'argent, des trésors de passion et plus de misère... Léger, gai, content de tout, je trouvai la maîtresse de mon ami, charmante. Les arbres, l'air, le ciel, toute la nature semblait me répéter le sourire de Fœdora.

En revenant des Champs-Elysées, nous allâmes chez le chapelier, chez le tailleur de Rastignac; en sorte que ma toilette me permit de quitter mon misérable pied de paix, pour passer à un formidable pied de guerre... Désormais, je pouvais sans crainte lutter de grâce et d'élégance avec les jeunes gens qui tourbillonnaient autour de Fœdora.

Je revins chez moi; je m'y enfermai, restant tranquille en apparence, près de ma lucarne; mais disant d'éternels adieux à mes

toits, vivant dans l'avenir, dramatisant ma
vie, escomptant l'amour et ses joies... Ah!
comme une existence peut devenir orageuse
entre les quatre murs d'une mansarde!... L'âme
humaine est une fée; elle métamorphose une
paille en diamans; et, sous sa baguette, les
palais enchantés éclosent comme les fleurs
des champs sous les chaudes inspirations du
soleil...

XXVI.

Le lendemain, vers midi, Pauline frappa doucement à ma porte, et m'apporta... Devine quoi?...

Une lettre de Fœdora!

La comtesse me priait de venir la prendre au Luxembourg, pour aller, de là, voir ensemble le Muséum et le Jardin des Plantes...

I. 21

— Un commissionnaire attend la réponse... me dit-elle après un moment de silence.

Je griffonnai promptement une lettre de remerciement que Pauline emporta.

Je m'habillai, mais, au moment où, assez content de moi-même, j'achevais ma toilette, un frisson glacial me saisit à cette pensée :

Fœdora est-elle venue en voiture ou à pied ? Pleuvra-t-il, fera-t-il beau ?

— Mais, me dis-je, qu'elle soit à pied ou en voiture, est-on jamais certain de l'esprit fantasque d'une femme?... Elle sera sans argent, et voudra peut être donner cent sous à un petit Savoyard parce qu'il aura de jolies guenilles !...

J'étais sans un rouge liard et ne devais avoir de l'argent que le soir. Oh ! comme dans ces crises de notre jeunesse, un poëte paie cher la puissance cérébrale dont le hasard l'a investi!... En un instant, mille pensées vives et douloureuses me piquèrent comme autant de dards !...

Je regardai le ciel par ma lucarne. — Le temps était fort incertain.

En cas de malheur, je pouvais bien prendre une voiture pour la journée; mais aussi,

ne tremblerais-je pas à tout moment, au
milieu de mon bonheur, de ne pas rencontrer,
le soir, M. de Marivault?... Je ne me sentis
pas assez fort pour supporter tant de craintes
au sein de ma joie.

Alors, avec la certitude de ne rien trouver, j'entrepris une grande exploration à
travers ma chambre. Cherchant des écus
imaginaires jusques dans les profondeurs de
ma paillasse, je fouillai tout; je secouai
même de vieilles bottes, et, en proie à une
fièvre nerveuse, je regardais mes meubles
d'un œil hagard. Aussi, comprendras-tu le délire dont je fus animé lorsqu'en ouvrant le ti-
roir de ma table à écrire que je visitais avec cette
espèce d'indolence dans laquelle nous plonge
le désespoir, — j'aperçus, — collée contre une
planche latérale, — tapie sournoisement, —
mais propre, brillante, lucide, comme une
étoile à son lever, — une belle et noble pièce
de cent sous!... Ne lui demandant pas compte
de son silence, de la cruauté dont elle était
coupable en se tenant ainsi cachée, je la baisai
comme un ami fidèle au malheur, exact à nous
consoler, et je la saluai par un cri...

Ce cri trouva de l'écho; surpris, je me re-

tournai brusquement et vis Pauline toute
pâle...

—J'ai cru, dit-elle d'une voix émue, que
vous vous faisiez mal!... Le commissionnaire...

Elle s'interrompit, comme si elle étouffait.

— Mais ma mère l'a payé!... ajouta-t-elle.

Puis elle s'enfuit, enfantine et follette comme
un caprice. Pauvre petite!... Je lui souhaitai
mon bonheur. En ce moment, il me semblait
avoir, dans l'âme, tout le plaisir de la terre,
et j'aurais voulu restituer aux malheureux la
part que je croyais leur voler.

Nous avons presque toujours raison dans
nos pressentimens d'adversité... La comtesse
avait renvoyé sa voiture.

Par un de ces caprices que les jolies femmes
ne s'expliquent pas toujours à elles-mêmes,
elle voulait aller au Jardin des Plantes par les
boulevards et à pied.

— Mais il va pleuvoir!... lui dis-je.

Elle prit plaisir à me contredire; et, par
hasard, il fit beau pendant tout le temps que
nous marchâmes dans le Luxembourg; mais,
quand nous sortîmes, un gros nuage, dont
j'avais maintes fois épié la marche avec une
secrète inquiétude, laissa tomber quelques

gouttes d'eau. — Nous montâmes dans un
fiacre, et lorsque nous eûmes atteint les boulevards, la pluie cessa. — Le ciel capricieux
avait repris sa sérénité.

Je voulus renvoyer la voiture en arrivant
au Muséum. Fœdora me pria de la garder.....
Que de tortures!...

Mais causer avec elle en comprimant un secret délire qui, sans doute, se formulait sur
mon visage, par quelque sourire niais et arrêté... Errer dans le Jardin des Plantes, en parcourir les allées bocagères et sentir son bras
appuyé sur le mien... Il y eut dans tout cela
je ne sais quoi de fantastique : c'était un rêve
en plein jour.

Cependant, ses mouvemens, soit en marchant, soit en nous arrêtant, n'avaient rien
de doux ni d'amoureux, malgré leur apparente
volupté. Quand je cherchais à m'associer en
quelque sorte à l'action de sa vie, je rencontrais en elle une intime et secrète vivacité, je
ne sais quoi de saccadé, d'excentrique. Les
femmes sans âme n'ont rien de moelleux dans
leurs gestes. Aussi, nous n'étions unis, ni par
une même volonté, ni par un même pas. Il
n'existe point de mots pour rendre ce désac-

cord matériel de deux êtres, car nous ne sommes pas encore habitués à reconnaître une pensée dans le mouvement. Ce phénomène de notre nature se sent instinctivement, il ne s'exprime pas.

Pendant ces violens paroxismes de ma passion, reprit Raphaël après un moment de silence, et comme s'il répondait à une objection qu'il se fût faite à lui-même, je n'ai pas disséqué mes sensations, analysé mes plaisirs, ni supputé les battemens de mon cœur, comme un avare examine et pèse ses pièces d'or..... Oh! non, l'expérience jette aujourd'hui ces tristes lumières sur les événemens passés, et le souvenir m'apporte ces images, comme les flots de la mer restituent capricieusement à la grève, par un beau temps, les débris d'un naufrage.

—Vous pouvez me rendre un service assez important, me dit-elle en me regardant d'un air confus; et, après vous avoir confié mon antipathie pour l'amour, je me sens plus libre, en réclamant de vous un bon office au nom de l'amitié... N'aurez-vous pas, reprit-elle en riant, beaucoup plus de mérite à m'obliger aujourd'hui...

Je la regardais avec douleur. N'éprouvant rien près de moi, elle était pateline et non pas affectueuse; elle me paraissait jouer un rôle en actrice consommée; puis, tout à coup son accent, un regard, un mot réveillaient mes espérances... Mais si mon amour ranimé se peignait, alors, dans mes yeux, elle en soutenait les rayons sans que la clarté des siens s'en altérât. Ils semblaient comme ceux des tigres avoir été doublés par une feuille de métal. En ces momens-là, je la détestais...

— La protection du duc de N***, dit-elle, en continuant avec des inflexions de voix pleines de câlinerie, me serait très-utile auprès d'une personne toute-puissante en Russie et dont l'intervention est nécessaire pour me faire rendre justice dans une affaire qui, tout à la fois, concerne ma fortune et mon état dans le monde. Le duc de N*** n'est-il pas votre cousin?..... Une lettre de lui déciderait tout...

— Je vous appartiens, lui répondis-je. — Ordonnez...

— Vous êtes bien aimable!... reprit-elle en me serrant la main. Venez dîner avec moi, je vous dirai tout comme à un confesseur...

Cette femme si méfiante, si discrète et à laquelle personne n'avait entendu dire un mot sur ses intérêts, allait donc me consulter!...

—Oh! combien j'aime maintenant le silence que vous m'avez imposé!... m'écriais-je. Mais j'aurais voulu quelque épreuve plus rude encore!....

En ce moment, elle accueillit l'ivresse de mes regards, et ne se refusa point à mon admiration! Elle m'aimait donc!...

Nous arrivâmes chez elle, et, fort heureusement, le fond de ma bourse put satisfaire le cocher. Je passai délicieusement la journée, seul avec elle. C'était la première fois que je pouvais la voir ainsi. Jusqu'à ce jour, le monde et sa gênante politesse, et ses façons froides nous avaient toujours séparés, même pendant ses somptueux dîners. Mais alors, j'étais chez elle, comme si j'eusse vécu sous son toit; je la possédais pour ainsi dire; et ma vagabonde imagination, brisant les entraves, arrangeant les événemens à sa guise, me plongeait dans les délices d'un amour heureux. Me croyant son époux, je l'admirais occupée de petits détails; j'éprouvais même du bonheur à lui voir ôter son schall, son chapeau. Elle me laissa seul un moment, et revint les cheveux arrangés, charmante... Enfin, sa jolie toilette avait été faite pour moi!... Pendant le dîner, elle me prodigua ses attentions..... Oh! comme elle était femme!..... Elle déployait des grâces infinies dans mille choses qui semblent des riens et qui, cependant, sont la moitié de la vie.

Quand nous fûmes tous deux devant un foyer pétillant, assis sur la soie, environnés des plus désirables créations d'un luxe oriental, et que je vis, là, si près de moi, cette femme dont la beauté célèbre faisait palpiter tant de cœurs, cette femme si difficile à conquérir, me parlant, me rendant l'objet de toutes ses coquetteries, ma voluptueuse félicité devint presque de la souffrance. Me souvenant, pour mon malheur, de l'importante affaire que je devais conclure, je voulus aller au rendez-vous qui m'avait été donné la veille.

— Quoi, déjà?... dit-elle en me voyant prendre mon chapeau.

Elle m'aimait!... Je le crus, du moins, en l'entendant prononcer ces deux mots d'une voix caressante. Alors, pour prolonger mon extase, j'aurais volontiers troqué deux années de ma vie contre chacune des heures qu'elle voulait bien m'accorder. Mon bonheur s'augmenta de tout l'argent que je perdais!...

Il était minuit quand elle me renvoya.

XXVII.

Néanmoins, le lendemain, mon héroïsme me coûta bien des remords. Craignant d'avoir manqué l'affaire des mémoires, devenue si capitale pour moi, je courus chez Rastignac, et nous allâmes surprendre à son lever le titulaire de mes travaux futurs.

M. Marivault me lut un petit acte après la

signature duquel il me compta cinquante écus. Il ne fut point question de ma tante, et nous déjeunâmes tous les trois.

Quand j'eus payé mon nouveau chapeau, soixante cachets de dîners à trente sous et mes dettes, il ne me resta plus que trente francs. Mais toutes les difficultés de la vie s'étaient aplanies pour quelques jours; et, si j'avais voulu écouter Rastignac, je pouvais avoir des trésors en adoptant avec franchise le *système anglais.* Il voulait absolument m'établir un crédit et me faire faire des emprunts, prétendant que les emprunts soutiendraient le crédit. Selon lui, l'avenir était, de tous les capitaux du monde, le plus considérable et le plus solide.

En hypothéquant ainsi mes dettes, sur de futurs contingens, il donna ma pratique à son tailleur, artiste, qui, comprenant *le jeune homme,* dut me laisser tranquille jusqu'à mon mariage...

De ce jour, je rompis avec la vie monastique et studieuse que j'avais menée pendant trois ans. J'allai fort assidûment chez Fœdora, tâchant de surpasser en impertinence les impertinens ou les héros de coterie qui s'y trou-

vaient; et, croyant avoir échappé pour toujours à la misère, je recouvrai ma liberté
d'esprit, j'écrasai mes rivaux, je passai pour
un homme plein de séductions, prestigieux,
irrésistible.

Cependant les gens habiles disaient en parlant de moi :

— Un garçon aussi spirituel ne doit avoir
de passions que dans la tête !...

Ils vantaient charitablement mon esprit aux
dépens de ma sensibilité.

— Est-il heureux de ne pas aimer ! s'écriaient-
ils. S'il aimait, aurait-il autant de gaieté, de
verve !...

Ah ! j'étais cependant bien amoureusement
stupide en présence de Fœdora ! Seul avec
elle, je ne savais rien lui dire ; ou , si je parlais,
je médisais de l'amour, j'étais tristement gai
comme un courtisan qui veut cacher un cruel
dépit...

Enfin, j'essayai de me rendre indispensable
à sa vie, à son bonheur, à sa vanité. J'étais
tous les jours près d'elle, son esclave, son
jouet, sans cesse à ses ordres ; et je revenais
chez moi pour y travailler pendant toutes les

nuits, ne dormant guères que deux ou trois
heures de la matinée.

Mais n'ayant pas, comme Rastignac, l'habitude du système anglais, je me vis bientôt
sans un sou. Alors, mon cher ami, fat sans
bonnes fortunes, élégant sans argent, amoureux anonyme, je retombai dans cette vie
précaire, dans ce froid, ce profond malheur
soigneusement caché sous les trompeuses
apparences du luxe, et je ressentis mes souffrances premières, mais moins aiguës; je
m'étais familiarisé sans doute avec leurs terribles crises... Souvent, les gâteaux et le thé,
si parcimonieusement offerts dans les salons,
étaient ma seule nourriture; et quelquefois,
les somptueux dîners de la comtesse me sus-
tentaient pendant deux jours.

J'employai tout mon temps, mes efforts et
ma science d'observation à pénétrer plus
avant dans l'impénétrable caractère de Fœdora.

Jusqu'alors, l'espérance ou le désespoir
avaient influencé mon opinion, et je voyais
tour à tour en elle, la femme la plus aimante
ou la plus insensible de son sexe; mais ces
alternatives de joie et de tristesse devinrent

intolérables, et je voulus chercher un dénouement à cette lutte affreuse, en tuant
mon amour. De sinistres lueurs brillaient parfois et me faisaient entrevoir des abîmes. La
comtesse justifiait toutes mes craintes. Je n'a-
vais pas encore surpris de larmes dans ses
yeux. Au théâtre, une scène attendrissante la
trouvait froide et rieuse. Elle réservait toute
sa finesse pour elle et ne devinait ni le malheur ni le bonheur d'autrui. Enfin elle m'avait
joué!... Heureux de lui faire un sacrifice, je
m'étais presque avili pour elle, en allant voir
mon parent le duc de N***, homme égoïste
qui rougissait de ma misère, et avait trop de
torts envers moi pour ne pas me haïr... Il me
reçut donc avec cette froide politesse qui
donne aux gestes et aux paroles l'apparence
de l'insulte. Son regard inquiet excita ma
pitié. J'eus honte pour lui de sa petitesse au
milieu de tant de grandeur, de sa pauvreté
au milieu de tant de luxe... Il me parla des
pertes considérables que lui occasionait le
trois pour cent. Alors, je lui dis quel était
l'objet de ma visite. Le changement de ses
manières qui, de glaciales, devinrent insensiblement affectueuses, me dégoûta.—Hé bien,

mon ami, il vint chez la comtesse!... il m'y
écrasa. Elle trouva pour lui des enchantemens,
des prestiges inconnus, elle le séduisit, traita
sans moi cette affaire mystérieuse dont je ne
sus pas un mot. Enfin, j'avais été, pour elle,
un moyen... Elle paraissait ne plus m'apercevoir, quand mon cousin était chez elle; et
m'acceptait alors avec moins de plaisir peut-
être que le jour où je lui fus présenté. Un
soir, elle m'humilia devant le duc, par un
de ces gestes, par un de ces regards qu'aucune parole ne saurait peindre... Je sortis
pleurant, formant mille projets de vengeance,
combinant d'épouvantables viols.

Souvent je l'accompagnais aux Bouffons.
Là, près d'elle, tout entier à mon amour, je
la contemplais en me livrant au charme d'é-
couter la musique, épuisant mon âme dans la
double jouissance d'aimer et de retrouver les
mouvemens de mon cœur admirablement
bien rendus par les sons. Ma passion était
dans l'air, sur la scène, elle triomphait partout excepté chez Fœdora!

Alors, cherchant sa main, j'étudiais ses traits,
ses yeux et sa chaleur, sollicitant une fusion de
nos sentimens, une de ces soudaines harmo-

nies qui, réveillées par la musique, font vibrer les âmes à l'unisson... Mais sa main était
muette et ses yeux ne disaient rien. Quand le
feu de mon cœur, s'émanant de tous mes
traits, la frappait trop fortement au visage,
elle me jetait ce sourire cherché, convenu,
qui, phrase classique, se reproduit au Salon,
dans tous les portraits. Elle n'écoutait pas la
musique!... Les divines phrases de Rossini, de
Cimarosa, de Zingarelli, ne lui rappelaient aucun sentiment, ne lui traduisaient aucune
poésie dans sa vie; et, son âme était aride. Elle
se produisait là comme un spectacle dans le
spectacle. Sa lorgnette voyageait incessamment
de loge en loge. Elle était inquiète, quoique
tranquille; et, victime de la mode, sa loge,
son bonnet, sa voiture, sa personne, étaient
tout pour elle. Vous rencontrez souvent des
gens de colossale apparence dont le cœur est
tendre, délicat sous un corps de bronze; mais
elle, elle avait peut-être un cœur de bronze
sous son enveloppe grêle et gracieuse.

Enfin, ma fatale science me déchirait bien
des voiles... Malgré toute sa finesse, Fœdora
laissait voir quelques vestiges de sa plébéienne
origine et percer la froideur de son âme. Pour

I.   22

avoir ce qu'on nomme bon ton dans le monde,
ne faut-il pas savoir s'oublier pour les autres;
mettre dans sa voix et dans ses gestes une
ineffable douceur; eh bien! chez elle, l'oubli
d'elle-même était fausseté; la politesse, servi-
tude; et, ses manières manquaient de cette
aisance qui procède du cœur et que l'éducation première peut seule suppléer.

Ses paroles emmiellées étaient, pour les autres, l'expression de la bienfaisance et de la
bonté; son exagération, de la chaleur, de l'enthousiasme; mais, ayant étudié ses grimaces et
dépouillé l'être intérieur de cette frêle écorce
dont se contente le monde, je n'étais plus dupe
de ses singeries; je connaissais bien son âme de
chatte; et quand un niais la complimentait,
la vantait, j'avais honte pour elle... Et je l'aimais toujours!... Et rien de tout cela ne m'é-
pouvantait!... J'espérais fondre ces glaces sous
les ailes d'un amour de poëte; et, si je pouvais, une fois, ouvrir son cœur aux tendresses
de la femme, si je lui faisais comprendre la
sublimité des dévouemens, alors je la voyais
parfaite... Elle devenait un ange... Je l'aimais
en homme, en amant, en artiste, quand il
fallait ne pas l'aimer pour l'obtenir. Un fat

bien gourmé, calculateur, aurait triomphé,
peut-être !... Vaine, artificieuse, elle eût sans
doute entendu le langage de la vanité, se serait laissé entortiller dans les piéges d'une
intrigue; elle eût été dominée par un homme
sec et froid.

, Des douleurs acérées entraient jusqu'au vif
dans mon âme, quand elle me révélait naïvement son effroyable égoïsme. Je la voyais
avec douleur seule un jour dans la vie et ne
sachant à qui tendre la main, ne rencontrant
pas de regards amis où reposer les siens...

Un soir, j'eus le courage de lui peindre,
sous des couleurs chaudes et animées, sa vieillesse déserte, vide et triste. A l'aspect de
cette épouvantable vengeance de la nature
trompée, elle me répondit par un mot atroce :

— J'aurai toujours de la fortune !... Eh
bien.! avec de l'or nous pouvons toujours
créer autour de nous les sentimens qui sont
nécessaires à notre bien-être.

Je me levai; je sortis foudroyé par la logique de ce luxe, de ces femmes, de ce monde
dont j'étais si sottement idolâtre. Je n'aimais
pas Pauline pauvre; Fœdora, riche, n'avait-
elle pas le droit de repousser Raphaël?... Notre

conscience est un juge infaillible, quand nous ne l'avons pas encore assassinée!...

— Fœdora, me criait une autre voix sophistique, n'aime ni ne repousse personne. Elle est libre ; mais elle s'est donnée pour de l'or. Amant ou époux, le comte russe l'a possédée. Elle aura bien une tentation dans sa vie !... — Attends-la !...

Elle n'était ni vertueuse ni fautive ; elle vivait loin de l'humanité, dans une sphère à elle : enfer ou paradis... Mystère femelle, vêtu de cachemire et de broderies, la comtesse mettait en jeu tous les sentimens humains dans mon cœur : orgueil, fortune, amour, curiosité.

XXVIII

Un caprice de la Mode ou cette envie de paraître original qui nous poursuit tous, avait amené la manie de vanter un petit spectacle du boulevard; et, la comtesse ayant témoigné le désir de voir la figure enfarinée d'un acteur qui faisait les délices de quelques gens d'esprit, j'avais obtenu l'honneur de la con-

duire à la première représentation de je ne
sais quelle mauvaise farce.

La loge coûtait à peine cent sous; mais,
je ne possédais pas un traître liard. Ayant encore un demi-volume de mes mémoires à
écrire, je n'osais pas aller mendier un secours
à M. Marivault; et Rastignac, ma providence,
était absent.

Cette gêne constante maléficiait toute ma vie.

Une fois déjà, au sortir des Bouffons, Fœdora m'avait, par une horrible pluie, fait
avancer une voiture, sans que je pusse me
soustraire à son obligeance de parade. Elle
n'admit aucune de mes excuses, ni mon goût
pour la pluie, ni mon envie d'aller au jeu.
Elle ne devinait pas mon indigence dans l'embarras de mon maintien, dans mes paroles
tristement plaisantes. Mes yeux rougissaient:
mais comprenait-elle un regard?... Ah! la vie
des jeunes gens est soumise à de singuliers
caprices!...

Pendant le voyage, chaque tour de roue
réveilla dans mon âme des pensées chaudes
qui me brûlèrent le cœur; j'essayai de détacher une planche au fond de la voiture, espérant me glisser et rester sur le pavé; puis,

rencontrant des obstacles invincibles, je me
pris à rire convulsivement, et demeurai dans
un calme morne, hébété comme un homme
au carcan.

Heureusement à mon arrivée au logis, Pauline, aux premiers mots que je balbutiai, m'interrompit en disant:

— Si vous n'avez pas de monnaie...

Ah! la musique de Rossini n'était rien auprès des paroles prononcées en ce moment
par cette jeune fille.

Mais revenons aux Funambules. Pour pouvoir y conduire la comtesse, je pensai à mettre
en gage le cercle d'or dont le portrait de ma
mère était environné. Quoique le Mont-de-
Piété se fût toujours dessiné dans ma pensée
comme une des portes du bagne, il valait encore mieux y porter mon lit moi-même plutôt
que de solliciter une aumône. Le regard d'un
homme auquel vous demandez de l'argent fait
tant de mal !..... Et il y a des emprunts qui
nous coûtent notre honneur, comme il y a
des refus qui, dans une bouche amie, nous
enlèvent une dernière illusion!...

Je trouvai Pauline travaillant toute seule.
Sa mère était couchée. Jetant un regard furtif

sur le lit dont les rideaux étaient légèrement
relevés, je crus voir madame Gaudin profondément endormie en apercevant, au milieu de
l'ombre, son profil calme et jaune imprimé
sur l'oreiller.

— Vous avez 'du souci ?... me dit Pauline
en quittant son pinceau.

— Écoutez, ma pauvre enfant, lui répondis-je en m'asseyant près d'elle, vous pouvez
me rendre un grand service.

Elle me regarda d'un air si heureux que je
tressaillis.

— M'aimerait-elle ?... me dis - je en la con-
templant.

— Pauline ?...

Elle leva la tête et baissa les yeux. Alors je
l'examinai, pensant pouvoir lire dans son
cœur comme dans le mien, tant sa physionomie était naïve et pure.

— Vous m'aimez ? lui dis-je.

— Ah ! je crois bien !... s'écria-t-elle en riant.

Elle ne m'aimait pas.

Son accent moqueur et la gentillesse du
geste qui lui échappa peignaient seulement
une folâtrerie de jeune fille.

Alors, je lui avouai ma détresse et l'embar-

ras dans lequel je me trouvais, et je la priai de
m'aider à en sortir.

— Comment, monsieur Raphaël! dit-elle,
vous ne voulez pas aller au Mont-de-Piété,
et vous m'y envoyez!...

Je rougis, confondu par la logique d'un
enfant.

— Oh! j'irais bien!... dit-elle en me prenant
la main, comme si elle eût voulu compenser
par une caresse la sévérité de son exclamation; mais la course est inutile. Ce matin, en
faisant votre chambre, j'ai trouvé derrière le
piano deux pièces de cent sous qui s'étaient
glissées à votre insu entre le mur et la barre;
et je les ai mises sur votre table.

— Puisque vous devez bientôt recevoir de
l'argent, monsieur Raphaël, me dit la bonne
mère en montrant sa tête entre les rideaux,
je puis bien vous prêter quelques écus en attendant...

— Oh! Pauline!... m'écriai-je en lui serrant
la main, je voudrais être riche!...

— Bah! pourquoi faire?... dit-elle en se-
couant la tête par un geste mutin.

Sa main, tremblant dans la mienne, répondait à tous les battemens de mon cœur.

Elle retira vivement ses doigts ; puis, examinant les miens :

— Vous épouserez une femme riche !... dit-elle. Mais elle vous donnera bien du chagrin...
— Ah ! Dieu ! elle vous tuera... J'en suis sûre.

Il y avait dans son cri une sorte de croyance aux folles superstitions qu'elle tenait de sa mère.

— Vous êtes bien crédule, Pauline !

— Oh ! bien certainement ! dit-elle en me regardant avec terreur, la femme que vous aimez vous tuera !...

Puis, elle reprit son pinceau, le trempa dans la couleur en laissant paraître une vive émotion, et ne me regarda plus. En ce moment, j'aurais bien voulu croire à des chimères !... Un homme n'est pas tout-à-fait misérable quand il est superstitieux ; une superstition est une espérance.

Retiré dans ma chambre, je vis en effet deux nobles écus dont la présence me parut inexplicable.

Au sein des pensées confuses du premier sommeil, je tâchai de vérifier mes dépenses pour me justifier cette trouvaille inespérée ;

mais je m'endormis perdu en d'inutiles cal-
culs !...

Le lendemain, Pauline vint me voir, au
moment où je sortais pour aller louer la loge.

— Vous n'avez peut - être pas assez de dix
francs, M. Raphaël, me dit en rougissant cette
bonne et aimable fille ; ma mère m'a chargé
de vous offrir cet argent. — Prenez, prenez !... ajouta - t - elle en jetant trois écus sur
ma table et se sauvant.

Je la retins; puis, séchant les larmes qui
roulaient dans mes yeux :

— Pauline, lui dis-je, vous êtes un ange....
L'argent me touche bien moins que l'admirable pudeur de sentiment avec laquelle vous
me l'offrez... Ah! je désirais une femme riche,
élégante, titrée... Eh bien ! maintenant, je
voudrais posséder des millions et rencontrer
une jeune fille pauvre comme vous, et comme
vous riche de cœur, je renoncerais à une passion fatale qui me tuera !... Vous aurez peut-
être raison !...

— Assez ! dit-elle.

Puis, elle s'enfuit en chantant, et sa voix
de rossignol, ses roulades fraîches retentirent
dans l'escalier.

— Est-elle heureuse de ne pas aimer encore!... me dis-je en pensant aux tortures que
je souffrais depuis quelques mois.

Les quinze francs de Pauline me furent bien
précieux. En partant, Fœdora, songeant aux
émanations populacières de la salle où nous
devions rester pendant quelques heures, re-
gretta de ne pas avoir un bouquet. J'allai lui
chercher des fleurs; je lui apportai ma vie, et
toute ma fortune!... J'eus à la fois des remords
et des plaisirs, en lui donnant un bouquet
dont le prix me révéla tout ce que la galante-
rie superficielle en usage dans le monde avait
de dispendieux.

— Merci! dit-elle.

Bientôt elle se plaignit de l'odeur un peu
trop forte d'un jasmin du Mexique; puis, elle
éprouva un intolérable dégoût en voyant la
salle, en se trouvant assise sur de dures banquettes. Elle se plaignit d'être là... Et cependant elle était près de moi... Elle voulut s'en
aller; elle s'en alla.

M'imposer des nuits sans sommeil, avoir
dissipé deux mois de mon existence et ne pas
lui plaire!... Ah! jamais ce démon ne fut plus
gracieux et plus insensible. Pendant la route,

assis près d'elle, dans un étroit coupé, je res-
pirais son souffle, je pouvais toucher son gant
parfumé, je voyais distinctement les trésors
de sa beauté ; je sentais une vapeur douce
comme l'iris : toute la femme et point de
femme.

En ce moment, un trait de lumière m'illumina
cette vie mystérieuse. Je pensai tout à coup à
la princesse Brambilla d'Hoffmann, à Frago-
letta, capricieuses conceptions d'artiste, dignes de la statue dé Polyclès. Je croyais voir
ce monstre qui, tantôt officier, dompte un
cheval fougueux ; tantôt jeune fille, se met à
sa toilette et désespère ses amans ; puis, amant,
désespère une vierge douce et modeste. Ne
pouvant plus résoudre autrement Fœdora, je
lui racontai cette histoire fantastique ; mais,
en elle, rien ne décela sa ressemblance avec
cette poésie de l'impossible.

Elle s'en amusa de bonne foi, comme un
enfant écoutant une fable des *Mille et une
Nuits*.

—Alors, me disais-je en revenant chez moi,
pour résister à l'amour d'un homme de mon
âge, à la chaleur communicative de ce puissant
fanatisme, à cette belle contagion de l'âme,

Fœdora doit être gardée par quelque mystère. Peut-être, semblable à lady Delacour, est-elle dévorée par un cancer? Sa vie est sans doute une vie artificielle!

À cette pensée, j'eus froid. Mais bientôt, je formai le projet le plus extravagant et le plus raisonnable en même temps auquel un amant puisse jamais songer. Pour examiner cette femme corporellement comme je l'avais étudiée intellectuellement, pour la connaître enfin tout entière, je résolus de passer une nuit chez elle, dans sa chambre, à son insu.

Voici comment j'exécutai cette entreprise qui me dévorait l'âme et la pensée comme un désir de vengeance mord le cœur d'un moine corse.

XXVIII.

Fœdora réunissait, chez elle, aux jours de réception, une assemblée trop nombreuse pour qu'il fût possible au portier d'établir une balance exacte entre les sorties et les entrées. Assuré par cette réflexion de pouvoir rester dans la maison sans y causer de scandale, j'attendis impatiemment, pour accom-

plir mon dessein, la prochaine soirée de la
comtesse.

En m'habillant, je mis dans la poche de mon
gilet, un petit canif anglais, à défaut de poignard. Trouvé sur moi, cet instrument littéraire n'avait rien de suspect; et, ne sachant
pas jusqu'où me conduirait ma résolution romanesque, je voulais être armé : une lame de
canif doit bien aller jusqu'au cœur.

Lorsque les salons commencèrent à se rem-
plir, j'allai dans la chambre à coucher, pour y
examiner les localités. Les persiennes et les
volets en étaient fermés. C'était un premier
bonheur. Présumant que la femme de chambre pourrait venir pour détacher les rideaux
drapés aux fenêtres, je voulus les faire tomber
et lâchai les embrasses. Je risquais beaucoup
en me hasardant à faire ainsi le ménage par
avance; mais je m'étais soumis à tous les pé-
rils de ma situation, et les avais froidement
calculés.

Vers minuit, je vins me cacher dans l'embrasure d'une fenêtre et je m'y tapis dans le
coin le plus obscur. Pour ne pas laisser voir
mes pieds, j'essayai de les poser sur la plinthe
de la boiserie, et de me tenir en l'air le dos

appuyé contre le mur en me cramponnant à l'espagnolette. Après une étude approfondie de mon équilibre, de mes points d'appui et de l'espace qui me séparait des rideaux, je parvins à me familiariser avec les difficultés de ma position. J'étais sûr de pouvoir demeurer là sans être découvert, si les crampes, la toux et les éternuemens me laissaient tranquille. Alors, pour ne pas me fatiguer inutilement, je me tins debout en attendant le moment critique pendant lequel je devais rester suspendu comme une araignée dans sa toile. La moire blanche et la mousseline des rideaux, formant devant moi de gros plis semblables à des tuyaux d'orgue, j'y pratiquai des trous avec mon canif et les disposai de manière à tout voir par ces espèces de meurtrières.

J'entendis vaguement le murmure des salons, les rires des causeurs, leurs éclats de voix. Ce tumulte vaporeux, cette sourde agitation diminua par degrés; puis, quelques hommes vinrent prendre leurs chapeaux, placés, près de moi, sur la commode de la comtesse. Quand ils froissaient les rideaux, je frissonnais en pensant aux distractions, aux

hasards de ces recherches faites par des gens
oublieux et pressés de partir... J'eus bon espoir pour le succès de mon entreprise en n'é-
prouvant aucun des malheurs que je craignais.
Le dernier chapeau fut emporté par un vieil
amoureux de Fœdora, qui, se croyant seul,
regarda le lit et poussa un gros soupir, suivi
de je ne sais quelle exclamation assez énergique.

Enfin la comtesse n'ayant plus autour d'elle,
dans le boudoir voisin de sa chambre, que
cinq ou six personnes intimes, leur proposa
d'y prendre le thé.

Alors, les calomnies pour lesquelles la société actuelle a réservé le peu de croyance qui
lui reste, se mêlèrent à des épigrammes, à des
jugemens spirituels, au bruit des tasses et des
cuillers. Rastignac était sans pitié pour mes
rivaux ; et, souvent il excitait un rire franc par
ses saillies.

— M. de Rastignac est un homme avec lequel il ne faut pas se brouiller !... dit en riant
la comtesse.

— Je le crois... répondit-il naïvement. — J'ai
toujours raison dans mes haines !... — et dans
mes amitiés, ajouta-t-il. — Mes ennemis me
servent autant que mes amis peut-être !... Puis,

j'ai fait une étude assez spéciale de l'idiome moderne et des artifices naturels dont on se sert pour tout attaquer ou pour tout défendre. L'éloquence ministérielle est un perfectionnement social. Un de vos amis est-il sans esprit, vous parlez de sa probité, de sa franchise; son ouvrage est-il lourd, c'est un travail consciencieux; si le livre est mal écrit, vous en vantez les idées; tel homme est sans foi, sans constance, vous échappe à tout moment, bah!... il est séduisant, prestigieux, il charme... S'agit-il de vos ennemis, vous leur jetez à la tête les morts et les vivans, vous renversez les termes de votre langage; et vous êtes aussi perspicace à découvrir leurs défauts que vous êtes habile à mettre en relief les vertus de vos amis. Cette application des lois de l'optique à la vue morale est tout le secret de nos conversations, et tout l'art du courtisan. — N'en pas user, c'est vouloir combattre sans armes des gens bardés de fer comme des chevaliers bannerets. — Et — j'en use... j'en abuse même quelquefois. — Aussi l'on me respecte, moi et mes amis...

Là dessus, un des plus fervens admirateurs de Fœdora, jeune homme dont l'impertinence était célèbre et qui s'en faisait même un moyen de parvenir, releva le gant si dédaigneusement jeté par Rastignac ; et, parlant de moi, se mit à vanter outre mesure mes talens et ma personne. Rastignac avait oublié ce genre de médisance.

Cet éloge sardonique trompa la comtesse. Elle m'immola sans pitié, abusant même de mes secrets pour faire rire ses amis de mes prétentions et de mes espérances.

— Il a de l'avenir !... dit Rastignac. Peut-être sera-t-il un jour homme à prendre de cruelles revanches... Ses talens égalent au moins son courage.

Le profond silence qui régna parut déplaire à la comtesse :

— Du courage !... oh ! je lui en crois beaucoup !... reprit-elle. Il m'est fidèle...

Il me prit une vive tentation de me montrer soudain aux rieurs comme l'ombre de Banquo dans Macbeth... Je perdais une maîtresse, mais j'avais un ami !...

Cependant l'amour me souffla tout à coup un de ces lâches et subtils paradoxes avec lesquels il sait endormir toutes nos douleurs.

— Si Fœdora m'aime, pensé-je, ne doit-elle

pas dissimuler son affection sous une plaisanterie malicieuse? et que de fois le cœur n'a-
t-il pas démenti les mensonges de la bouche.....

Enfin, bientôt mon impertinent rival resté
seul avec la comtesse voulut partir.

— Eh quoi! déjà!... lui dit-elle avec un son
de voix plein de câlineries et qui me fit palpiter. Vous ne me donnerez pas encore un
moment... N'avez-vous donc plus rien à me
dire, et ne me sacrifierez-vous pas quelques-
uns de vos plaisirs?...

Il s'en alla.

— Ah! s'écria-t-elle en bâillant, ils sont
tous bien ennuyeux!...

Et tirant avec force un cordon, le bruit
d'une sonnette retentit dans les appartemens.

La comtesse entra dans sa chambre en fre-
donnant une phrase du *Pria che spunti*. Jamais
personne ne l'avait entendue chanter, et ce
mutisme donnait lieu à de bizarres interpré-
tations. Elle avait, dit-on, promis à son premier amant, charmé de ses talens, et jaloux
d'elle, par delà le tombeau, de ne donner à
personne un bonheur qu'il voulait avoir goûté
seul.

Alors je tendis les forces de mon âme pour aspirer les sons.

De note en note, la voix s'éleva. Puis, Fœdora sembla s'animer, les richesses de son gosier se déployèrent; et, alors cette mélodie eut quelque chose de divin. La comtesse avait dans l'organe, une clarté vive, une justesse de ton, je ne sais quoi d'harmonique et de vibrant qui pénétrait, remuait et chatouillait le cœur. Les musiciennes sont presque toujours amoureuses..... Ah! celle qui chantait ainsi devait aimer... La beauté de la voix fut donc un mystère de plus dans cette femme déjà si mystérieuse. — Je la voyais alors comme je te vois. Elle paraissait s'écouter elle-même et ressentir une volupté qui lui fût particulière. Elle éprouvait comme une jouissance d'amour!... Elle vint devant la cheminée en achevant le principal motif de ce *rondo;* mais quand elle se tut, sa physionomie changea : ses traits se décomposèrent et sa figure exprima la fatigue. Elle venait d'ôter un masque. Actrice, son rôle était fini. Cependant l'espèce de flétrissure imprimée à sa beauté, soit par son travail d'artiste, soit par la lassitude de la soirée, n'était pas sans charme.

— La voilà vraie !... me dis-je.

Elle mit, comme pour se chauffer, un pied sur la barre de bronze qui surmontait le garde-cendre, ôta ses gants, détacha ses bracelets, et enleva par dessus sa tête une chaîne d'or au bout de laquelle était suspendue sa cassolette ornée de pierres précieuses... J'éprouvais un plaisir indicible à voir tous ses mouvemens empreints de cette gentillesse dont les chattes font preuve en se toilettant au soleil. Elle se regarda dans la glace et dit tout haut d'un air de mauvaise humeur :

— Je n'étais pas jolie, ce soir !... Mon teint se fane avec une effrayante rapidité ! Il faudrait peut-être me coucher plus tôt, renoncer à cette vie dissipée... Mais Justine se moque-t-elle de moi ?...

Elle sonna de nouveau. La femme de chambre accourut. Où logeait-elle ? je ne sais. Elle arriva par un escalier dérobé. J'étais curieux de la voir ; car mon imagination de poëte avait souvent incriminé cette invisible servante... C'était une fille brune, grande et bien faite.

— Madame a sonné ?...

— Deux fois !... répondit Fœdora. Tu vas donc maintenant devenir sourde ?

— J'étais à faire le lait d'amandes de Madame...

Justine s'agenouilla, défit les cothurnes des souliers, déchaussa sa maîtresse, qui, nonchalamment étendue sur un fauteuil à ressorts, au coin du feu, bâillait, ou se grattait la tête... Il n'y avait rien que de très-naturel dans tous ses mouvemens, et nul symptôme ne me révéla les souffrances secrètes que j'avais supposées.

— George est amoureux!... dit-elle, je le renverrai... N'a-t-il pas encore défait les rideaux ce soir ?... A quoi pense-t-il !

A cette observation, tout mon sang reflua vers mon cœur. Heureusement il ne fut plus question des rideaux.

— Que la vie est vide !... reprit la comtesse. Ah ça ! prends garde de m'égratigner comme tu l'as fait hier. Tiens, vois-tu, dit-elle en lui montrant un petit genou poli, satiné, je porte encore la marque de tes griffes.

Elle mit ses pieds nus dans des pantoufles de velours fourrées de cygne, et détacha sa robe pendant que Justine prit un peigne pour lui arranger les cheveux.

— Il faut vous marier, Madame, avoir des enfans...

— Des enfans !... Il ne me manquerait plus que cela pour m'achever !... s'écria-t-elle. Un mari !... Quel est l'homme auquel je pourrais me... — Étais-je bien coiffée ce soir?

— Mais... pas très-bien...

— Tu es une sotte.

— Rien ne vous va plus mal que de trop crêper vos cheveux... reprit Justine. Les grosses boucles bien lissées vous sont plus avantageuses !...

— Vraiment !...

— Mais oui, Madame, les cheveux crêpés clair ne vont bien qu'aux blondes...

— Me marier !... oh non, non !... Le mariage est un manége pour lequel je ne suis pas née...

Quelle épouvantable scène pour un amant ! Cette femme solitaire, sans parens, sans amis, athée en amour, ne croyant à aucun sentiment; et, si faible que fût en elle ce besoin d'épanchement cordial, naturel à toute créature humaine, réduite pour le satisfaire à

causer avec sa servante, à dire des phrases
sèches, ou des riens !... J'en eus pitié.

Bientôt Justine la délaça. Je la contemplai
curieusement au moment où le dernier voile
s'enleva. Elle avait le corsage d'une vierge...
Je fus comme ébloui. Je manquai tomber. La
comtesse était adorablement belle. A travers
sa chemise de batiste et à la lueur des bougies,
son corps blanc et rose étincelait comme une
statue d'argent qui brille sous la gaze dont un
ouvrier l'a revêtue... Ah ! nulle imperfection
ne devait lui faire redouter les yeux furtifs de
l'amour...

— Dépêche-toi donc !... dit-elle. J'ai froid.

Justine apporta un peignoir de batiste que
Fœdora mit par dessus sa chemise; puis, elle
s'assit devant le feu, muette et pensive, pendant que sa femme de chambre allumait la
bougie de la lampe d'albâtre suspendue devant
le lit. Justine alla chercher une bassinoire,
prépara le lit, aida sa maîtresse à se coucher;
et, après un temps assez long, mais employé
par de minutieux services dont les détails
multipliés accusaient la profonde vénération
de Fœdora pour elle-même, cette fille partit
enfin et je restai seul avec la comtesse.

Alors je l'écoutai se tourner plusieurs fois à
droite et à gauche. Elle était agitée, soupirait,
et ses lèvres laissaient échapper un léger bruit
qui, perceptible à l'ouïe, dans le silence de la
nuit, peignait des mouvemens d'impatience.
Avançant la main vers sa table, elle y prit
une fiole, versa dans son lait quelques gouttes
d'une liqueur dont je ne distinguai pas l'espèce ; puis, elle but ; et, après quelques soupirs pénibles :

— Ah ! mon Dieu !... s'écria-t-elle.

Cette exclamation et surtout l'accent qu'elle
y mit, me brisa le cœur...

Insensiblement elle resta sans mouvement.
J'eus peur ; mais bientôt j'entendis retentir la
respiration égale et forte d'une personne endormie. Alors, mettant loin de moi la soie
criarde des rideaux, je quittai ma position et
vins me placer au pied de son lit, en la regardant avec un sentiment indéfinissable. Elle
était ravissante ainsi. Elle avait la tête sous le
bras, comme un enfant, et ce joli visage enveloppé de dentelles, tranquille, possédait
une suavité qui m'enflamma. Présumant trop
de moi-même, je n'avais pas compris mon sup-

plice : être si près et si loin d'elle!... je fus obligé de subir toutes les tortures que je m'étais préparées.

— *Ah! mon Dieu!...*

Cette phrase avait tout à coup changé mes idées sur Fœdora, et je devais remporter pour toute lumière ce lambeau d'une pensée inconnue.

Ce mot insignifiant ou profond, sans substance ou plein de mystères, pouvait s'interpréter également par le bonheur et la souffrance, par une douleur de corps, ou par des peines... Etait-ce imprécation ou prière, souvenir ou avenir, regret ou crainte? Il y avait toute une vie dans cette parole! vie d'indigence ou de richesse... Enfin, il y tenait même un crime!... La sachant maintenant belle et parfaite, l'énigme cachée dans ce beau semblant de femme renaissait par ce mot, mais elle pouvait maintenant être expliquée de tant de manières qu'elle était inexplicable peut-être!

Les fantaisies du souffle qui passait entre ses dents, tantôt faible, tantôt accentué, grave ou léger, formaient une sorte de langage au-

quel j'attribuais des pensées, des sentimens;
je rêvais avec elle; j'espérais m'initier à ses
secrets d'âme en pénétrant dans son sommeil.
Je flottais entre mille partis contraires, entre
mille jugemens. Enfin à voir ce beau visage,
calme et pur, il me fut impossible de refuser
un cœur à cette femme!... Je résolus de faire
encore une tentative en lui racontant ma vie,
mon amour, mes sacrifices; de réveiller en
elle la pitié; de lui arracher une larme à elle
qui ne pleurait jamais!...

J'avais placé toutes mes espérances dans
cette dernière épreuve, quand le tapage de la
rue m'annonça le jour.

Il y eut un moment où je me représentai
Fœdora se réveillant dans mes bras... Je pouvais me mettre tout doucement à ses côtés,
m'y glisser...

Cette idée me tyrannisa si cruellement que,
pour y résister, je me sauvai dans le salon,
sans prendre aucune précaution pour éviter
le bruit; mais j'arrivai heureusement à une
porte dérobée qui donnait sur un petit escalier.

Ainsi que je l'avais présumé, la clef se trou-

vait en dedans, à la serrure; alors, tirant la
porte avec force, je descendis hardiment dans
la cour; et, sans regarder si j'étais vu, je sau-
tai vers la rue en trois bonds.

XXIX.

Deux jours après, un auteur devant lire une comédie chez la comtesse, j'y allai dans l'intention d'y rester le dernier pour lui présenter une requête assez singulière. Je voulais la prier de m'accorder la soirée du lendemain, et de me la consacrer toute entière, en faisant fermer sa porte.

Quand je me trouvai seul avec elle, le cœur me faillit. Chaque battement de la pendule m'épouvantait. Il était minuit moins un quart.

—Si je ne lui parle pas, me dis-je, il faut me briser le crâne sur l'angle de la cheminée...

Je m'accordai trois minutes de délai. Les trois minutes se passèrent et je ne me brisai pas le crâne sur le marbre; mais mon cœur se gonflait, s'alourdissait comme une éponge dans l'eau.

—Vous êtes extrêmement aimable?..... me dit-elle.

—Ah! Madame!... répondis-je, si vous pouviez me comprendre!

—Qu'avez-vous? reprit-elle, vous pâlissez...

—J'hésite à réclamer de vous une grâce....
Alors, je lui demandai le rendez-vous.

—Volontiers... dit-elle; mais pourquoi ne me parleriez-vous pas en ce moment?

—Pour ne pas vous tromper, je dois, Madame, vous faire apercevoir l'étendue de votre engagement. Je désire passer cette soirée près de vous comme si nous étions frère et sœur. Je connais vos antipathies; mais vous avez pu m'apprécier assez pour être certaine que je ne veux rien de vous qui puisse vous déplaire. D'ailleurs, les audacieux ne procèdent pas ainsi. Vous m'avez témoigné de l'amitié, vous êtes bonne, pleine d'indulgence...—Eh bien! sachez que je dois vous dire adieu,—demain...

—Ne vous rétractez pas!... m'écriai-je en la voyant prête à parler.

Je disparus.

Le deux mai dernier, vers huit heures du soir, je me trouvai seul avec Fœdora, dans son boudoir gothique. Alors je ne tremblai pas; j'étais sûr d'être heureux : ma maîtresse devait m'appartenir, ou sinon, je m'étais promis de me réfugier dans les bras de la mort. J'avais condamné mon lâche amour; et, un homme est bien fort quand il s'avoue sa faiblesse.

Vêtue d'une robe de cachemire bleu, la comtesse était étendue sur un divan, les pieds soutenus par un coussin. Portant un béret oriental, coiffure que les peintres attribuent aux premiers Hébreux, elle avait ajouté je ne sais quel piquant attrait d'étrangeté à ses sé-ductions... Sa figure était empreinte d'un charme fugitif qui semblait prouver que nous

I. 24

sommes à chaque instant des êtres nouveaux,
uniques, sans aucune similitude avec le *nous*
de l'avénir et du passé. Je ne l'avais jamais
vue aussi éclatante de beauté.

—Savez-vous, dit-elle en riant, que vous
avez piqué ma curiosité?...

— Je ne la tromperai point!... répondis-je
froidement.

Je m'assis près d'elle; et, lui prenant une
main qu'elle m'abandonna très-amicalement :

—Vous avez une bien belle voix! lui dis-je.
Elle pâlit.

—Vous ne m'avez jamais entendue!.... s'é-
cria-t-elle.

—Je vous prouverai le contraire quand cela
sera nécessaire. — Votre chant délicieux est-il
encore un mystère?..... Rassurez-vous! Je ne
veux pas le pénétrer...

Nous restâmes environ une heure à causer
familièrement. Si je pris le ton, les manières
et les gestes d'un homme auquel Fœdora ne
devait rien refuser, j'eus aussi tout le respect
d'un amant. En jouant ainsi, j'obtins la faveur
de lui baiser la main, elle se déganta par un
mouvement mignon, et j'étais alors si voluptueusement enfoncé dans l'illusion à laquelle

je voulais croire que mon âme se fondit, s'épancha tout entière dans ce baiser. Fœdora se laissa flatter, caresser avec un incroyable abandon; mais — ne m'accuse pas de niaiserie!... Si j'avais voulu faire un pas au delà de cette câlinerie fraternelle, j'eusse senti les griffes de la chatte.

Nous restâmes dix minutes environ, plongés dans un profond silence. Je l'admirais, lui prêtant des charmes auxquels elle mentait. En ce moment, elle était à moi, à moi seul. Alors, je possédai cette ravissante créature, comme il était permis de la posséder — intuitivement. Je l'enveloppais dans mon désir, je la tenais, je la serrais, et mon imagination l'épousa. Certes alors, je vainquis sans doute la comtesse par la puissance d'une fascination magnétique; et j'ai toujours regretté de ne pas m'être entièrement soumis cette femme. En ce moment, je n'en voulais pas à son corps!... Il me fallait une âme!... une vie! ce bonheur idéal et complet, ce beau rêve auquel nous ne croyons pas long-temps!...

Cependant la soirée s'avançait.

— Fœdora, lui dis-je enfin, en sentant que

la dernière heure de mon ivresse était arrivée. Écoutez-moi!...

Je vous aime, vous le savez, je vous l'ai dit mille fois! — Vous auriez dû m'entendre; — mais, ne voulant devoir votre amour ni à des grâces de fat, ni à des flatteries de coiffeur ou à des importunités! vous ne m'avez pas compris. — Que de maux j'ai soufferts pour vous et dont, cependant, vous êtes innocente! — mais dans quelques momens vous me jugerez...

Il y a deux misères, Madame!... — Celle qui va effrontément par les rues, en haillons; qui recommence Diogène, sans le savoir; se nourrissant de peu, réduisant la vie au simple; heureuse... plus que la richesse peut-être, insouciante du moins; et prenant le monde, là où les puissans n'en veulent plus... Puis la misère du luxe, — une misère espagnole qui cache la mendicité sous un titre. Elle est fière, emplumée, elle a des carrosses. C'est la misère en gilet blanc, en gants jaunes, et qui perd une fortune, faute d'un centime. L'une est la misère du peuple, l'autre celle des escrocs, des rois et des gens de talent. Je ne suis ni peuple, ni roi, ni escroc, et peut-être n'ai-je pas de talent!... Ainsi je suis une exception. Mon nom m'ordonne peut-être de mourir plutôt que de mendier.

Rassurez-vous, Madame... Je suis riche aujourd'hui!... Je possède de la terre, tout ce qu'il m'en faut, lui dis-je en voyant sa physionomie prendre la froide expression qui se peint dans nos traits quand nous sommes surpris par des quêteuses de bonne compagnie.

Vous souvenez-vous du jour où vous avez voulu venir au Gymnase sans moi, croyant que je ne m'y trouverais pas?...

Elle fit un signe de tête affirmatif.

— J'avais employé mon dernier écu pour aller vous y voir. — Vous rappelez-vous la promenade que nous fîmes au Jardin des Plantes?... — Votre voiture me coûta toute ma fortune!

Là, je lui racontai mes sacrifices, je lui peignis ma vie, non pas comme je te la raconte aujourd'hui dans l'ivresse du vin, mais dans une noble ivresse de cœur. Ma passion déborda par des mots flamboyans, par des traits de sentiment que, depuis, j'ai oubliés; et qu'aucun art, que le souvenir lui-même ne saurait reproduire. Ce ne fut pas la narration sans chaleur d'un amour détesté; non , mon amour dans sa force et dans la beauté de son espérance, mon amour exalté m'inspira ces paroles qui projettent toute une vie, ces cris d'une âme vivement déchirée; et mon accent fut celui des dernières prières faites par un mourant sur le champ de bataille.

Elle pleura!... je m'arrêtai.

Grand Dieu!... ses larmes étaient le fruit de cette émotion factice, achetée cent sous à la porte d'un théâtre.

— Si j'avais su... dit-elle.

— N'achevez pas, m'écriai-je. Je vous aime encore assez en ce moment pour vous tuer...

Elle voulut saisir le cordon de la sonnette.

J'éclatai de rire.

— N'appelez pas, repris-je. Je vous laisserai paisiblement achever votre vie; car ce serait mal entendre la haine que de vous tuer!... Non, non, ne craignez pas de violence. — J'ai passé toute une nuit au pied de votre lit.

— Monsieur!... dit-elle en rougissant.

Après ce premier mouvement donné au peu de pudeur que peut avoir une femme in

sensible, elle me jeta un regard fauve et me
dit :

— Vous avez dû avoir bien froid?...

— Croyez-vous, Fœdora, que votre beauté
me soit si précieuse!... lui répondis-je en devinant toutes les pensées qui l'agitaient. Elle
était, pour moi, la promesse d'une âme plus
belle encore que vous n'êtes belle!... — Eh!
Madame, les hommes qui ne voient que la
femme dans une femme, peuvent acheter des
odalisques dignes du sérail et se rendre heureux à bas prix! Ah! j'étais ambitieux, je voulais vivre de cœur à cœur avec vous, mais
vous n'avez pas de cœur... Oh! je le sais maintenant. — Si vous deviez être à un homme je
l'assassinerais... Mais non, vous l'aimeriez!...
et sa mort vous ferait trop de peine! — Oh!
que je souffre!... m'écriai-je.

— Si cela peut vous consoler... dit-elle en
riant, je puis vous assurer que jamais personne...

— Alors, repris-je en l'interrompant, vous
insultez à Dieu même, et vous en serez punie!...
Un jour, couchée peut-être, sur un divan, ne
pouvant supporter, ni le bruit, ni la lumière,
condamnée à vivre dans une sorte de tombe,

vous souffrirez des maux inouïs... Quand vous
chercherez la cause de vos lentes et venge-
resses douleurs, alors, souvenez-vous des
malheurs que vous avez si largement jetés
sur votre passage! Ayant semé partout des
imprécations, vous trouverez la haine au retour... Nous sommes les propres juges, les
bourreaux d'une Justice qui règne ici bas, et
marche au dessus de celle des hommes, au
dessous de celle de Dieu...

— Ah, ah! dit-elle en riant. Je suis sans
doute bien criminelle de ne pas vous aimer...
Est-ce ma faute?... Eh bien, non, je ne vous
aime pas! Vous êtes un homme, cela suffit...
Je me trouve heureuse d'être seule... pourquoi changerais-je ma vie... — égoïste si vous
voulez... — contre les caprices d'un maître?...
Le mariage est un sacrement en vertu duquel
nous ne nous communiquons que des chagrins.... Puis, les enfans m'ennuieraient... —
Ah! ah! je vous ai loyalement prévenue de
mon caractère... Pourquoi ne vous êtes-vous
pas contenté de mon amitié? Je voudrais pouvoir vous consoler des peines que je vous ai
causées en ne devinant pas le compte de vos
petits écus... J'apprécie l'étendue de vos sacri-

fices... Il n'y a que l'amour qui puisse payer
votre dévouement, votre délicatesse... mais je
ne vous aime pas, et toute cette scène m'af-
fecte désagréablement.

— Je sens combien je suis ridicule... lui dis-
je avec douceur... Pardonnez-moi.

Je ne pus retenir mes larmes...

— Je vous aime assez pour écouter avec
délices les cruelles paroles que vous pronon-
cez.. Oh! je voudrais pouvoir signer mon
amour, de tout mon sang...

— Tous les hommes nous disent plus ou
moins bien ces phrases classiques!... reprit-
elle en riant. Mais il paraît qu'il est très-diffi-
cile de mourir à nos pieds, car je rencontre
de ces morts-là partout... Il est minuit, je vous
prie de me laisser coucher...

— Et dans deux heures vous direz: — *Ah!
mon Dieu!*...

Elle se prit à rire.

— Avant-hier!... — Oui... — Je pensais à
mon agent de change. J'avais oublié de lui
faire convertir mes rentes de *cinq* en *trois*...
Et, dans la journée, le *trois* avait baissé.....

Je la contemplais d'un œil étincelant de rage.

Ah! quelquefois un crime peut être tout un poëme!... Alors, je l'ai compris.

Elle riait.

Familiarisée sans doute avec les déclarations les plus passionnées, elle avait déjà oublié mes larmes et mes paroles.

— Fpouseriez-vous un pair de France?... lui demandai-je froidement.

— Peut-être, s'il était duc!...

Je pris mon chapeau, je la saluai.

— Permettez - moi, dit - elle, de vous accompagner jusqu'à la porte de mon appartement...

Il y avait une ironie perçante dans son geste, dans la pose de sa tête, dans son accent.

— Fœdora...

— Monsieur...

— Je ne vous verrai plus!...

— Je l'espère... répondit-elle en inclinant la tête avec une impertinente expression.

— Vous voulez être duchesse?... repris-je animé par une sorte de frénésie que son geste alluma dans mon cœur. Vous êtes folle de titres et d'honneurs? eh bien! laissez-vous seulement aimer par moi? Permettez à ma

plume de ne parler, à ma voix de ne retentir
que pour vous?... Soyez le principe secret de
ma vie, soyez mon étoile!... Puis, ne m'ac-
ceptez pour époux que ministre, pair de
France, duc... Je me ferai tout ce que vous
voudrez que je sois!...

— Vous avez, dit-elle en souriant, assez
bien employé votre temps chez l'avoué!... Vos
plaidoyers ont de la chaleur...

— Tu as le présent!... m'écriai-je, et moi
l'avenir!... Je ne perds qu'une femme et tu
perds un nom, une famille. — Le temps est
gros de ma vengeance. — Tu rencontreras la
laideur, là où je trouverai la gloire!...

— Merci de la péroraison!... dit-elle en rete-
nant un bâillement et témoignant par son attitude le désir de ne me plus voir.

Ce mot m'imposa silence. — Je lui jetai ma
haine dans un regard et je m'enfuis, aimant
toujours cette horrible femme.

XXX.

Il fallait oublier Fœdora, me guérir de
ma folie, reprendre ma studieuse solitude, ou
mourir. Alors je m'imposai des travaux exor-
bitans, je voulus achever mes ouvrages; et,
pendant quinze jours je ne sortis pas de ma
mansarde, consumant les nuits en de pâles
et tristes études... Mais, malgré mon courage
et les inspirations de mon désespoir, je tra-

vaillais dificilement et par saccades : la muse
avait fui. Je ne pouvais chasser le fantôme
brillant et moqueur de Fœdora. Chacune de
mes pensées couvait une autre pensée mala-
dive, un désir, terrible comme un remords.
— Aussi, j'imitai les anachorètes de la Thébaïde : je mangeais peu; sans prier comme
eux; comme eux, je vivais dans un désert,
creusant mon âme au lieu de creuser un ro-
cher; enfin, je me serais au besoin serré les
reins avec une ceinture armée de pointes,
afin de dompter la douleur morale, par une
douleur physique.

Un soir, Pauline pénétra dans ma chambre; et, d'une voix suppliante :

— Vous vous tuez, me dit-elle, vous de-
vriez sortir, aller voir vos amis...

— Ah! Pauline! votre prédiction était vraie!...
la comtesse Fœdora me tue... je veux mourir...
la vie m'est insupportable...

— Il n'y a donc qu'une femme dans le
monde?... dit-elle en souriant. — Pourquoi
mettez-vous des peines infinies dans une vie
si courte...

Je regardais Pauline avec stupeur... Elle me
laissa seule... Je ne m'étais pas aperçu de sa

retraite... J'avais entendu sa voix, sans comprendre le sens de ses paroles.

Cependant je fus obligé de porter le manuscrit de mes mémoires à mon entrepreneur de littérature. Préoccupé par ma passion, j'ignorais comment j'avais pu vivre sans argent, je savais seulement que les quatre cent cinquante francs qui m'étaient dus suffiraient à payer mes dettes... j'allai donc les chercher.

Ce jour-là, je rencontrai Rastignac.

Il me trouva changé, maigri.

— De quel hôpital sors-tu? me dit-il.

— Cette femme me tue... répondis-je; je ne puis ni la mépriser, ni l'oublier.

— Il vaut mieux la tuer... Tu n'y songeras peut-être plus!... s'écria-t-il en riant.

— J'y ai bien pensé! répondis-je. Mais si parfois, je rafraîchis mon âme par l'idée d'un crime, viol ou assassinat, et les deux ensemble même... Je me trouve incapable de le commettre en réalité... La comtesse est un admirable monstre. — Puis, elle demanderait grâce!...

— Elle est comme toutes les femmes que nous ne pouvons pas avoir! dit Rastignac en m'interrompant.

— Je suis fou, m'écriai-je. Je sens la folie à la porte de mon cerveau. Elle rugit pas momens. Alors, mes idées sont comme des êtres, elles dansent, et je ne puis les saisir... Je préfère la mort à cette vie, et je cherche avec conscience le meilleur moyen de terminer cette lutte. Il ne s'agit plus de la Fœdora vivante, de la Fœdora du faubourg Saint-Honoré, mais de ma Fœdora, de celle qui est là !... dis-je en me frappant le front. Que penses-tu de l'opium ?...

— Bah ! des souffrances atroces !... répondit Rastignac.

— L'asphyxie ?...

— Canaille...

— La Seine ?...

— Les filets et la Morgue sont sales et hideux.

— Un coup de pistolet ?

— Et si tu te manques ?

Écoute ! J'ai, comme tous les jeunes gens, médité sur les suicides. Qui de nous ne s'est pas, dans sa vie, tué deux ou trois fois !... Je n'ai rien trouvé de mieux que d'user l'existence par le plaisir... Plonge-toi dans une dissolution profonde !... ta passion, ou toi, vous y périrez. L'intempérance, mon cher, est la reine de toutes les morts !..... Ne commande-t-elle pas à l'apoplexie foudroyante?... Or, l'apoplexie est un coup de pistolet qui ne nous manque pas! Les orgies nous prodiguent tous les plaisirs physiques... N'est-ce pas l'opium en petite monnaie, l'opium matérialisé?... En nous forçant de boire à outrance, la débauche porte de mortels défis au vin. Or, le tonneau de Malvoisie du duc de Clarence a meilleur goût que les bourbes de la Seine. Enfin, quand nous tombons noblement sous la table, n'est-ce pas une petite asphyxie périodique?... Puis, si la patrouille nous ramasse, en restant étendus sur les lits froids des corps-de-garde, ne jouissons-nous pas des plaisirs de la Morgue, moins les ventres enflés, turgides, bleus et verts ?...

—Ah! ah! reprit-il, ce long suicide n'est pas une mort d'épicier en faillite... Les négocians ont déshonoré la rivière !... Maintenant ils se jettent à l'eau par spéculation et pour attendrir leurs créanciers... Moi, je tâcherais de mourir avec élégance. — Si tu veux créer un nouveau genre de mort en te débattant ainsi contre la vie, je suis ton second. Je m'ennuie;

je suis désappointé... Ma veuve me fait, du plaisir, un vrai bagne. D'ailleurs, j'ai découvert qu'elle a six doigts au pied gauche. Je ne puis pas vivre avec une femme qui a six doigts. Cela se saurait et je deviendrais ridicule !..... Puis, elle n'a que dix-huit mille livres de rente : sa fortune diminue et ses doigts augmentent !... Au diable !... En menant cette vie enragée, nous trouverons peut-être le bonheur par hasard.

Rastignac m'entraîna. Ce projet faisait briller de trop fortes séductions et peut-être aussi quelques dernières espérances ; il avait une couleur trop poétique pour ne pas plaire à un poëte.

— Et de l'argent !... lui dis-je.

— N'as-tu pas quatre cent cinquante francs ?...

— Oui, mais je dois à mon tailleur, à mon hôtesse.

— Tu paies ton tailleur !... Tu ne seras jamais rien, — pas même ministre.

— Mais que pouvons-nous faire avec vingt louis ?...

— Aller au jeu.

Je frissonnai.

— Ah! reprit-il en s'apercevant de ma pruderie, tu veux te lancer dans ce que je nomme
le *Système dissipationnel*, et tu as peur d'un
tapis vert!...

— Écoute, lui répondis-je, j'ai promis à
mon père de ne jamais mettre le pied dans
une maison de jeu. — Non-seulement cette
promesse est sacrée; mais j'éprouve même
une sorte d'horreur invincible en passant devant un tripot... Vas-y seul!... Voilà cent écus.
Pendant que tu risqueras toute notre fortune,
j'irai mettre mes affaires en ordre, et je re-
viendrai t'attendre chez toi.

Voilà, mon cher, comment je me perdis. Il
suffit à un jeune homme de rencontrer une
femme qui ne l'aime pas, ou une femme qui
l'aime trop pour que toute sa vie soit déran-
gée!... Le bonheur engloutit toutes nos forces,
comme le malheur éteint nos vertus!

Revenu à mon hôtel Saint-Quentin, je
contemplai long-temps la mansarde où j'avais
mené la vie chaste d'un savant, une vie qui
aurait été peut-être honorable, longue, et que
je n'aurais pas dû quitter pour la vie passionnée qui m'entraînait dans un gouffre.

Pauline me surprit dans une attitude mé-

lancolique, et cette douce fille, ce génie fa-
milier, cet ange gardien me regarda silencieu-
sement.

— Eh bien ! dit-elle. Qu'avez-vous ?...

Je me levai froidement, je comptai l'argent
que je devais à sa mère en y ajoutant le prix
de mon loyer pour six mois...

Elle m'examinait avec une sorte de terreur.

— Je vous quitte, ma pauvre Pauline...

— Je l'ai deviné ! s'écria-t-elle.

— Écoutez, ma chère enfant : je ne renonce
pas à revenir ici... Gardez-moi ma cellule pendant une demi-année. Si je ne suis pas de retour vers le 15 novembre, alors, Pauline, vous
hériterez de moi. Ce manuscrit cacheté, dis-je
en lui montrant un paquet de papiers, est la
copie de mon grand ouvrage sur *la Volonté*.
Vous le déposerez à la Bibliothèque du Roi.
Quant à tout ce que je laisse ici... vous en fe-
rez ce que vous voudrez...

Elle me jetait des regards qui pesaient sur
mon cœur. Pauline était là comme une conscience vivante...

— Je n'aurai plus de leçons !... dit-elle en
me montrant le piano.

Je ne répondis pas.

— M'écrirez-vous ?

— Adieu, Pauline...

.Je l'attirai doucement à moi; puis, sur son front d'amour, et vierge comme la neige qui n'a pas touché terre, je mis un baiser de frère, un baiser de vieillard.

Elle se sauva.

Je ne voulus pas voir madame Gaudin. Je mis ma clef à sa place habituelle et je partis.

En quittant la rue de Clüny, j'entendis derrière moi le pas léger d'une femme.

— Tenez, me dit Pauline, je vous avais brodé cette bourse : la refuserez-vous aussi?...

Croyant apercevoir, à la lueur du réverbère, une larme dans les yeux de Pauline, je soupirai.

Alors, poussés tous deux par la même pensée peut-être, nous nous séparâmes avec l'empressement de gens qui auraient voulu fuir la peste...

XXXI.

La vie de dissipation à laquelle je me vouais apparaissait devant moi bizarrement exprimée par la chambre où j'attendais, avec une noble insouciance, le retour de Rastignac.

Au milieu de la cheminée s'élevait une pendule surmontée d'une admirable Vénus accroupie sur sa tortue; mais elle tenait entre ses bras un cigare à demi consumé. Des meubles élégans, présens de l'amour, étaient épars, sans ordre. De vieilles chaussettes traînaient sur un voluptueux divan. Le délicieux fauteuil à ressorts dans lequel j'étais plongé portait des cicatrices comme un vieux soldat, offrant aux regards ses bras déchirés, et montrant incrustées sur son dosier la pommade, l'huile antiques de toutes les têtes d'amis..... L'opulence et la misère s'accouplaient naïvement dans le lit, sur les murs, partout. Vous eussiez dit les palais de Naples bordés de lazzaroni.

C'était une chambre de joueur ou de mauvais sujet, dont le luxe est tout personnel, vivant de sensations, et qui, des incohérences, ne se soucie guère... Il y avait de la poésie dans ce tableau. La vie s'y dressait avec ses paillettes et ses haillons.... toute soudaine, incomplète, comme elle est réellement, mais vive, mais fantasque, espèce de halte où le maraudeur a pillé sa joie.

Là, un Byron auquel manquaient des pages avait allumé la falourde du jeune homme, qui risque au jeu cent francs et n'a pas une bûche,

qui court en tilbury sans posséder une chemise saine et valide... Puis, le lendemain, une
comtesse, une actrice ou l'écarté lui donnent
un trousseau de roi. Ici, la bougie était fichée
dans le fourreau vert d'un briquet phosphorique... Vie riche d'oppositions, et à laquelle
il est peut-être difficile de renoncer, parce
qu'elle a d'irrésistibles attraits : c'est la guerre
en temps de paix...

J'étais presque assoupi quand, d'un coup
de pied, Rastignac, enfonçant la porte de sa
chambre, s'écria :

— Victoire !... victoire !... nous pourrons
mourir à notre aise !

Il me montra son chapeau plein d'or !... Il
le mit sur sa table, et nous dansâmes comme
deux Cannibales, hurlant, trépignant, sau-
tant, nous donnant des coups de poing à tuer
un rhinocéros, et chantant à l'aspect de tous
les plaisirs du monde contenus — dans un
chapeau !...

— Douze mille francs !... répétait Rastignac
en ajoutant quelques billets de banque à notre
tas d'or ; à d'autres, cet argent suffirait pour
vivre ; mais nous suffira-t-il pour mourir !...

Oh ! oui ! nous expirerons dans un bain d'or !...,
Hourra !...

Et nous cabriolâmes derechef. Enfin nous
partageâmes en frères, pièce à pièce, en com-
mençant par les doubles napoléons, allant des
grosses pièces aux petites, et distillant notre
joie, en disant long-temps :

— A toi... — A moi...

— Oh ! nous ne dormirons pas !... s'écria
Rastignac. Joseph, du punch !

Et jetant de l'or à son fidèle domestique :

— Voilà ta part !... dit-il.

Le lendemain, j'achetai des meubles chez
Lesage, je louai l'appartement où tu m'as
connu, rue Taitbout, et je chargeai le meilleur tapissier de le décorer. J'eus une voiture
et des chevaux. Alors je me lançai dans un
tourbillon de plaisirs creux et réels tout à la
fois... Je jouais, je gagnais et perdais, mais au
bal, chez nos amis, jamais dans les maisons
de jeu, pour lesquelles je conservai ma sainte
et primitive horreur.

Insensiblement je me fis des amis. Je dus
leur attachement soit à des querelles, soit à

cette facilité confiante avec laquelle nous nous
livrons nos secrets en nous avilissant ensemble : peut-être aussi, ne nous accrochons-nous
bien que par nos vices? Puis je hasardai quelques compositions littéraires. Elles me valu-
rent des complimens, parce que les grands
hommes de la littérature marchande, ne voyant
point en moi de rival à craindre, me vantèrent,
moins sans doute pour mon mérite personnel que pour chagriner celui de leurs camarades.

Enfin je devins un *viveur*, pour me servir
de l'expression pittoresque consacrée par votre
langage d'orgie. Je mettais de l'amour-propre
à me tuer promptement, à écraser les plus
gais compagnons par ma verve et par ma puissance. J'étais toujours frais, élégant. Je pas-
sais, dit-on, pour spirituel, et rien ne trahis-
sait en moi cette épouvantable existence, qui
fait, d'un homme, un entonnoir, un appareil
à chyle, un cheval de luxe.

Bientôt la débauche m'apparut dans toute
la majesté de son horreur, et je la compris...

Certes, les hommes sages et rangés qui éti-
quettent des bouteilles pour leurs héritiers

ne peuvent guère concevoir ni la théorie de cette large vie, ni son état normal. En ferez-vous adopter la poésie aux gens de province, pour lesquels l'opium et le thé, si prodigues de délices, ne sont encore que deux médicamens? A Paris même, capitale de la pensée, ne se rencontre-t-il pas des sybarites incomplets? Inhabiles à supporter l'excès du plaisir, ne s'en vont-ils pas fatigués, après avoir entendu un nouvel opéra de Rossini, condamnant la musique, et semblables à un homme sobre, qui ne veut plus manger de pâtés de Ruffec, parce que le premier lui a donné une indigestion? Mais la débauche est certainement un art comme la poésie; elle veut des âmes fortes; et, pour en saisir les mystères, pour en savourer les beautés, un homme doit, en quelque sorte, faire de consciencieuses études.

Comme toutes les sciences, elle est d'abord repoussante, épineuse; car d'immenses obstacles environnent les grands plaisirs de l'homme, non ses jouissances de détail, mais les systèmes qui érigent toutes ses sensations rares en habitude, les résument, les lui fertilisent, lui créant une vie dramatique dans sa vie, et nécessitant une exorbitante, une prompte dissipation de ses forces.

La Guerre, le Pouvoir, les Arts, sont des corruptions mises aussi loin de la portée humaine, aussi profondes que la débauche, et toutes sont de difficile accès. Mais quand une fois l'homme est monté à l'assaut de ces grands mystères, il doit marcher dans un monde nouveau. Les généraux, les ministres, les artistes sont tous plus ou moins portés vers la dissolution par le besoin d'opposer de violentes distractions à leur existence si fort en dehors de la vie commune. Après tout, la guerre est la débauche du sang; la politique, celle des intérêts : tous les excès sont frères... Ces monstruosités sociales possèdent la puissance des abîmes; elles nous attirent comme Moscou appelait Napoléon; elles donnent des vertiges; elles fascinent; et nous voulons aller au fond sans savoir pourquoi.

Il y a peut-être la pensée de l'infini dans ces précipices, ou quelque plus vaste flatterie pour l'homme : alors n'intéresse-t-il pas tout à lui-même? En guerre, il est un ange exterminateur, le bourreau, mais un bourreau gigantesque... Artiste, il crée, et il lui faut le

repos du dimanche ou un enfer, pour con-
traster avec le paradis de ses heures studieuses,
avec les délices de la conception. Le délasse-
ment de lord Byron ne pouvait pas être le
boston babillard, qui charme un rentier;
poëte, il voulait la Grèce à jouer contre Mahmoud.

Eh! ne faut-il pas des enchantemens bien
extraordinaires pour nous faire accepter ces
atroces douleurs, ennemies de notre frêle enveloppe, qui entourent les passions comme
d'une enceinte?... S'il se roule convulsivement
et souffre une sorte d'agonie, après avoir abusé
du tabac, le fumeur n'a-t-il pas assisté, je ne
sais en quelles régions, à de délicieuses fêtes?
Sans se donner le temps d'essuyer ses pieds,
qui trempent dans le sang jusqu'à la cheville,
l'Europe n'a-t-elle pas sans cesse recommencé
la guerre?... L'homme en masse a-t-il donc
aussi son ivresse, comme la nature a des accès
d'amour!...

Or, pour l'homme privé, pour le Mirabeau
inutile, ou qui, végétant, par un règne paisible, aspire encore à des tempêtes, la débauche comprend tout. Elle est une perpétuelle étreinte de toute la vie, ou un duel avec

une puissance inconnue, avec un monstre. D'abord, le monstre épouvante. Il faut l'attaquer par les cornes. Ce sont des fatigues inouïes. La nature vous a donné je ne sais quel estomac étroit ou paresseux... Vous le domptez, vous l'élargissez!... Vous apprenez à porter le vin ; vous apprivoisez l'ivresse ; vous passez les nuits sans sommeil, vous vous faites enfin un tempérament de colonel de cuirassiers, vous créant vous-même une seconde fois.

Quand l'homme s'est ainsi métamorphosé ; quand, vieux soldat, le néophyte a façonné son âme à l'artillerie, ses jambes à la marche ; alors, sans appartenir encore au monstre, mais sans savoir, entre eux, quel est le maître, ils se roulent l'un l'autre, tantôt vainqueurs, tantôt vaincus, dans une sphère où tout est merveilleux, où s'endorment les douleurs de l'âme, où revivent seulement des formes ; et déjà cette lutte atroce est devenue nécessaire.

Réalisant ces fabuleux personnages qui, selon les légendes, ont vendu leur âme au diable pour la puissance de mal faire, le dissipateur

a troqué sa mort contre toutes les jouissances
de la vie; mais abondantes, mais fécondes!....
Au lieu de couler long-temps entre deux rives
monotones, au fond d'un comptoir ou d'une
étude, l'existence bouillonne et fuit comme
un torrent...

Enfin la débauche est sans doute au corps
ce que sont à l'âme les plaisirs mystiques. L'i-
vresse vous plonge en des rêves dont les fan-
tasmagories sont aussi curieuses que celles de
l'opium. Vous avez des heures ravissantes
comme les caprices d'une jeune fille : ce sont
des causeries délicieuses avec des amis; puis,
des mots qui peignent toute une vie, des joies
franches et sans arrière-pensée, des voyages
sans fatigue, des poëmes déroulés en quelques phrases... La brutale satisfaction de la
bête, au fond de laquelle la science a été
chercher une âme, est suivie de torpeurs enchanteresses après lesquelles soupirent les
hommes d'intelligence; car ils sentent tous la
nécessité d'un repos absolu, complet, et la
débauche est comme un impôt que leur génie
paie au Mal. Vois-les tous! S'ils ne sont pas
voluptueux, la nature les fait chétifs. Moqueuse
ou jalouse, une puissance leur vicie l'âme ou

le corps pour neutraliser les efforts de leurs
talens.

Pendant ces heures avinées, les hommes et
les choses comparaissent devant vous, vêtus
de vos livrées. Roi de la création, vous la trans-
formez à vos souhaits. Puis à travers ce délire
perpétuel, le jeu vous verse, à votre gré, son
plomb fondu dans les veines... Enfin, un jour,
vous appartenez au monstre; et, vous avez,
comme je l'eus, un réveil enragé : l'Impuissance assise à votre chevet. Vieux guerrier,
une phthisie vous dévore; diplomate, un ané-
vrisme suspend dans votre cœur la mort à un
fil; moi, c'était peut-être une pulmonie qui
était venue me dire : « Partons! » et l'artiste,
Raphaël d'Urbin, sera tué par quelque excès
d'amour.

Voilà comme j'ai vécu!... J'arrivais ou trop
tôt ou trop tard dans la vie du monde; ma
force y eût été dangereuse si je ne l'avais pas
amortie ainsi. L'univers n'a-t-il pas été guéri
d'Alexandre par la coupe d'Hercule, à la fin
d'une orgie? Enfin à certaines destinées trompées, il faut le ciel ou l'enfer, la débauche ou
l'hospice du mont Saint-Bernard.

Tout-à-l'heure je n'avais pas le courage de

moraliser ces deux créatures, dit-il en montrant Euphrasie et Aquilina; n'étaient-elles pas mon histoire personnifiée, une image de ma vie? Je ne pouvais guères les accuser, elles m'apparaissaient comme des juges.

FIN DU PREMIER VOLUME.